公主傳奇

失蹤的校花 修訂版 ⑰

馬翠蘿 著

新雅文化事業有限公司
www.sunya.com.hk

人物簡介

周曉星

周曉晴的弟弟，一個風趣幽默的淘氣精，不時有天馬行空的奇怪想法。

馬小嵐

來自香港的烏莎努爾公主，聰明美麗、正直善良。敢於向困難挑戰，最喜歡說的話是「天下事難不倒馬小嵐」。

萬卡

烏莎努爾公國第十九代國王,風度翩翩、英勇果敢。是國民眼中的好君王,小嵐和曉晴曉星心目中的暖心大哥哥。

周曉晴

馬小嵐的好朋友,漂亮活潑,喜歡打扮,最常做的事是和弟弟鬥氣。

目錄

 # 第一章
校花選舉

「小嵐，這個好，選這個，選這個！」曉晴邊說邊捅了一下坐前面的小嵐。

「小嵐姐姐，我覺得這個好，選這個！」曉星邊說邊也捅了一下坐在前面的小嵐。

小嵐被他們左捅一下右捅一下的，簡直氣壞了。她扭頭狠狠地朝那對活寶姊弟說：「再搗亂，我就叫人把你們扔出會場！」

曉晴扭了扭身子：「別那麼兇好不好，人家只是想給你一點意見嘛！」

曉星吐了吐舌頭：「對不起哦，下次不敢了。」

烏莎努爾全國校花選舉，由全國學生進行網上投票，選出十二位票數最高的女學生，今晚進行決賽選出冠軍。這位冠軍，將代表烏莎努爾參加世界

校花選舉。

　　小嵐是七名評委中的一個，坐在最前排，為每名出場佳麗評分。

　　曉晴曉星死纏爛打，找大會秘書要了觀眾席最好的座位，也就是小嵐後面一排的座位。從比賽開始，這兩個傢伙就沒停過聒噪，吱吱喳喳地讓小嵐選他們覺得優秀的女生。

　　被小嵐兇了一回的曉晴曉星終於住了嘴。小嵐又把注意力放回舞台上。

　　「接着有請五號參賽者，來自宇宙菁英學院的梅芊芊同學。」隨着主持人清亮的嗓音，一個身穿白色拽地長裙的女生裊裊婷婷地走了出來。

　　「好美！」小嵐只覺得眼前一亮。

　　「梅芊芊？」小嵐把這名字又唸了一遍，覺得有點熟悉。

　　想起來了！自己這些年一直資助一百名貧苦學生的學費和生活費，這梅芊芊就是其中一名。

　　小嵐驚訝地挑起了眉毛，她從沒跟受助人見過面，沒想到當中竟然有這樣一個絕色小美女。

小嵐細細地打量着站在聚光燈下的梅芊芊，她身材不算高但十分苗條，腰細、腿長，一張瓜子臉上兩隻細長的丹鳳眼，配上精緻的鼻子，小小的櫻桃嘴，十足一個古典美少女。更令人喜歡的是她臉上一副純樸天真的笑容，眼裏清亮無邪的神韻，看上去彷彿不吃人間煙火的天使。

　　小嵐本身是個美女，所以她看人很挑剔，一般的美女帥哥都入不了她的法眼，讓她覺得真正漂亮的人少之又少。可今天這梅芊芊，卻令她有驚艷的感覺。

　　小嵐留意着梅芊芊的表現，不論是問答環節，還是才藝表演環節，都很不錯，小嵐滿意地點點頭，在梅芊芊的名字旁邊作了個記號。

　　「下面有請六號參賽者，同樣是來自宇宙菁英學院的艾黑紗同學。哇，看來宇宙菁英學院盛產美女啊！」主持人介紹下一個參賽者出場，順便小

小的表示了一下感慨。

　　一個女學生昂首闊步地走了上來。她鵝蛋臉，大眼睛，高鼻樑，跟梅芊芊相比，是另一種美。她身材高大，看上去有一米七幾，往台上一站，很有威勢。

　　小嵐身為公主，平時除了上學之外，還要應付許多外事活動。比如説，來訪問的外國元首如果帶着夫人或子女前來，小嵐就得請假陪同，以致她呆在學校的時間不是很多，除了本班同學之外，其他班其他年級的同學都不認識，甚至從未碰面。但對艾黑紗的名字，她還是有點印象，萬卡告訴過她，這女孩是黑睦國國王的獨生女兒。

　　小嵐心裏不知怎的不是很喜歡這個人，因為離得很近，小嵐很清楚地看到了艾黑紗的一臉傲氣，看到了她那雙雖然很漂亮但沒有一點熱度的冷

冰冰的眼睛。

艾黑紗表演了一段跆拳，動作虎虎有生氣，總體表現不錯，表演完畢，她冷冷地向觀眾微微鞠躬，退下去了。

主持人走上來，準備宣布下一位參賽者的名字。這時機靈的工作人員提着一籃子水果走過來，說：「公主殿下這麼喜歡水果，請多吃點！」一邊說一邊從籃子裏抓起一大串葡萄，準備放進小嵐面前的果盤裏。

水果和飲料，這是評委才有的待遇。

「啊？」小嵐有點莫名其妙，不知工作人員這話什麼意思。

小嵐恍惚記得，這年輕的工作人員已經跑過來幾次給她添水果了，可是自己明明沒動過面前的水果呀！身為公主，怎麼會在公眾場合表現得這樣嘴饞呢！

當她瞧見面前本來滿滿一盤子的水果只剩下四分之一時，馬上明白是怎麼一回事了。她嗖地回過頭，果然看見曉星像隻松鼠一樣，雙手捧着個大紅

蘋果，正用大板牙大口大口啃着。

「周、曉、星！」小嵐杏眼圓睜。

要是有傳媒把自己寫成史上最饞嘴的公主，就是這傢伙害的！

「嘻嘻，人家餓嘛……」

「好啊，那再賞你一個炒栗子填肚子！」小嵐順手朝曉星腦瓜來了一下。

「唔唔唔，小嵐姐姐欺負人！」曉星嘴裏滿是蘋果，説話也含糊不清的。

一旁的曉晴幸災樂禍：「活該！小嵐再賞他一個。」

幸好這時七號女生上場了，小嵐的注意力回到舞台上，曉星才不用再嘗一個「炒栗子」。

比賽很快到了尾聲，十二位參賽者全部表演完畢，七位評委暫時離席商議，學生交響樂團上台為在場的觀眾表演貝多芬的《歡樂頌》。

再説小嵐和其他六名評委去到會議室，大家亮出分數，也實在太巧了，梅芊芊和艾黑紗竟然分數一樣，並列最高的九十五點八分。

大家有點面面相覷，這有點麻煩了，只能再討論表決，在這兩人中選出冠軍。小嵐在這班評委中是後輩，雖然身為尊貴的公主，但她也很禮貌地讓長輩們先説。

德高望重的舞蹈界前輩林內女士首先發言，她説：「很明顯梅芊芊比艾黑紗優秀。梅芊芊不但長得漂亮，而且氣質清純，最能代表現代女學生高貴典雅又具備親和力的精神面貌。」

小嵐聽了暗暗點頭。

文化大臣魯奇説：「我很同意林女士的意見，也承認梅芊芊的確是校花的不二人選。但是……」

魯奇停了停，見所有人都把目光投到他身上，才繼續説：「實不相瞞，我也是受人之託。昨天經濟大臣打電話給我，希望我們以國家利益為重，選艾黑紗為校花。」

全國禮儀協會的理事長湯姆士皺着眉頭問：「選校花怎麼和國家利益扯上關係了？」

魯奇説：「我國正跟黑睦國洽談一宗幾百億的合作。我們國王陛下對這次合作很重視，因為會直

接影響到我國打後十年的經濟發展。而艾黑紗是黑睦國國王唯一的女兒，也是黑睦國的第一順位繼承人。如果艾黑紗被選為校花冠軍，相信這次合作成功的可能性更大。」

魯奇這麼一說，評委們都不吱聲了。黑睦國是眾多國家希望合作的經濟強國，這次烏莎努爾和他們幾百億的合作，是擊敗了多個對手爭取來的一個重大經濟項目，現正在洽談當中，成功與否仍是未知數。國家重大經濟計劃跟校花選舉相比，後者就顯得太微不足道了。

評委們都把目光投向小嵐，在大家心目中，公主殿下的意見就是萬卡國王的意見。大家都想知道小嵐的態度。

小嵐心裏早有想法，她見長輩們都看着她，便笑了笑，說：「不管是總統選舉也好，市長選舉也好，還是校花選舉也好，都需要選舉公平。雖然讓艾黑紗當選校花會令黑睦國高興，從而使合約順利簽署，但這就失去了公平。其實，任何的經濟合作總是建立在對雙方都有利的基礎上，跟黑睦國合

作固然對我國有利，但同樣也對黑睦國有利，黑睦國方面也一定十分重視這次合作。所以，我認為不必犧牲公平去取得黑睦國的好感。況且，用校花這個名銜去換取鄰國的一紙合約，也不是什麼光彩的事。」

小嵐講到這裏，停了停，然後斬釘截鐵地說：「我認為，我們必須堅持原則，讓最適合的人當選校花。」

林內女士邊聽邊點頭，而湯姆士就乾脆鼓起掌來，喊道：「小嵐公主說得好！」

其他人聽了也不住點頭。七名評委再次表決，通過梅芊芊為全國校花總冠軍。

第二章

我是一隻小小小小鳥

　　校花選舉後的第二天傍晚。

　　「皇家一號」專機載着以小嵐為首的烏莎努爾代表團，降落在阿加斯國首都機場。小嵐帶頭，外交大臣賓羅緊跟，接着是曉晴曉星以及十多名隨員，從飛機舷梯上走下來。

　　一個可愛的小女孩手捧鮮花，帶着天真的笑容走到小嵐面前行了個禮，然後把鮮花獻給她。

　　小嵐微笑着接過鮮花，又彎下腰親了小女孩一下。阿加斯王儲尤加利王子風度翩翩地走過來和小嵐親切握手：「公主殿下，請允許我代表父親尤大福國王，歡迎公主蒞臨敝國。」接着又給小嵐介紹來迎接的阿加斯各級官員。

　　小嵐收起平日的活潑隨意，跟迎接的人們一一微笑、握手，見到認識的還寒暄幾句，十分高貴得體。

在她後面的賓羅大臣跟阿加斯國的很多官員都相熟，也不用介紹，跟他們一個個親熱地打着招呼。而在後面的曉晴曉星也收起了平日的古靈精怪，一本正經地跟歡迎的官員一一握手。

阿加斯國立國二百周年大慶，遍請各國元首參加慶典，萬卡國王因為有重要的事情要處理，分身不暇，特派公主馬小嵐代他出席活動。

歡迎儀式後，尤加利王子親自陪同小嵐前往下榻的國賓館。

安排好住宿後，尤加利王子又陪同小嵐吃了晚飯。因為考慮到公主旅途辛苦，尤加利王子飯後便告辭了，讓客人們好好休息。

等尤加利王子和有關官員一離開，曉星就大叫一聲：「啊，終於解放了！解放了！」

作為一國使者，有許多要遵守的繁文縟節，這讓幾個活潑好動的孩子實在憋壞了。即使是小嵐，這時也大大地吁了一口氣。

賓羅大臣慈愛地看着三個小朋友。他和小嵐三人是忘年交，自從把他們從香港帶到烏莎努爾之

後，一直是除了萬卡國王之外最關心他們的人，跟他們關係亦師亦友。這位慈祥的老人也覺得讓這麼小的孩子像個小大人一樣參與國事活動，也太辛苦他們了。

當下賓羅大臣看看手裏的活動安排，說：「慶典安排在明天下午三時。上午時間你們可以自由活動，不過記住，如果離開酒店，一定要告訴我，我要派保鏢保護你們……」

「耶！我們明天上午可以逛街吃好東西了。」曉星歡呼。

「小嵐，我有一位老朋友也來了參加慶典，他約我敍敍舊。」賓羅大臣又像哄小孩一樣，說，「你們晚上就別出去了，早點休息。知道不？」

這老少四人單獨在一起的時候，就沒有了公主、大臣、平民百姓之分，大家親親熱熱的，老人更把三個孩子當兒孫輩的哄着呵護着。

「嗯！」小嵐點點頭，又說，「伯伯，讓保鏢阿芒、阿谷跟着您出去吧！」

小嵐不放心賓羅大臣晚上一個人出去。

賓羅笑着點點頭，説：「不用了，我跟老朋友就約在國賓館裏的西餐廳。好了，我走了。」

曉星和曉晴齊聲説：「伯伯玩得開心點！」

賓羅大臣出去了，小嵐和曉晴曉星分別回到自己房間，各幹各的去。

房間很舒適。小嵐洗了個澡，換上舒服、寬大的睡袍，看看掛鐘還不到十點，便走進書房，在書架上找書看。

「一個人的時候，在陌生的街頭，抬頭看着繁星夜垂的天空，I KNOW I KNOW，地球另一端有你陪我。謝謝你鼓勵我，勇氣是你給我，讓我邁開腳步一起往前走，I KNOW I KNOW，你是我的OK繃……」小嵐的手機鈴聲突然響了起來。

小嵐放下書，拿起手機看了一眼，來電顯示寫着「私人號碼」。

「喂，哪位？」小嵐問道。

沒有人回答，只聽見對方急促的呼吸聲。小嵐皺皺眉頭，又是無聊電話？

小嵐剛想掛掉，卻又聽到一下什麼聲音，好像

是一聲女子的嗚咽。

「喂，你是誰？你説話呀？」小嵐覺得很奇怪。

「我是……我是……」那邊哽咽着，突然悲悲戚戚地唱起歌來了：「我是一隻小小小小鳥，想要飛呀飛卻飛也飛不高。我尋尋覓覓尋尋覓覓，一個溫暖的懷抱，這樣的要求算不算太高……」

帶哭腔的歌聲令人有點毛骨悚然。

「你是誰？你認識我嗎？你發生了什麼事？」小嵐問道。

「我是一隻小小小小鳥。我不知道你認不認識我。我只想找個人説話。我現在很難受，非常難受。沒有人肯給我溫暖的懷抱，我要飛，飛，飛去一個沒有苦難的地方。我要飛，飛……」

小嵐心裏一驚，她馬上得出判斷，這女孩正處於極大的痛苦中，她想找人傾訴，這個電話，一定是她胡亂撥號，剛好撥到自己手機來的。

素來熱心的小嵐用懇切的聲音説：「小小鳥，你説，你慢慢説，把你難受的事情告訴我，我來幫你。」

電話那邊嗚咽了一下，説：「真的？你真的能幫我？」

小嵐説：「真的，我一定能幫你！」

「嗚嗚嗚⋯⋯你一定要幫我，你一定要幫我。我受不了，實在受不了，他們血口噴人，他們造謠，造了我很多謠！」

「他們是誰？他們説什麼了？」

「他們是魔鬼，是吃人的魔鬼！他們中傷我。我害怕，我真的很害怕，他們把我説成了一個很壞很壞的壞女孩！我不敢上學，我不敢上街，我不敢見人，我只能躲在這沒人看見的地方⋯⋯現在全世界的人一定都在嘲笑我，一定都説我是壞女孩⋯⋯」

「小小鳥，你別害怕。那些人中傷你是不對的，沒有人會信他們。世界上有很多很多人相信你是好女孩。」

「不會的，別人不會信我的。他們的手段太可怕了，太卑鄙了，他們怎麼可以這樣污衊我！魔鬼，他們是魔鬼！這世界真可怕，我不想再呆下去了，我要飛，我要飛，飛到沒有魔鬼的地方。」

「小小鳥，你現在在哪裏？」

「我在天台。這裏好高好高，我伸手就能抓到雲彩。這裏離天很近，我只要站到欄杆上一跳，就能飛上天。」

小嵐的心「咯」一下。這人在天台，如果她真的一跳，那豈不是……

「你別飛，你沒有翅膀，你不可以飛的。你會掉下去的，這很危險……」小嵐焦急地說。

「翅膀？有啊，我有翅膀。」女孩說着，竟唱起歌來，「每一次都在徘徊孤單中堅強，每一次就算很受傷也不閃淚光，我知道我一直有雙隱形的翅膀，帶我飛，飛過絕望……」

怎麼又唱起張韶涵那首《隱形的翅膀》來了，看來是一個愛唱歌的女孩。

小嵐沒辦法，只好哄她說：「即使你有隱形的翅膀，也要學習才能飛，你學過飛嗎？」

「啊，真的要學過才能飛嗎？可是我現在好想飛啊！」

小嵐說：「你現在就飛，會摔死的！」

小嵐正在苦口婆心地要打消女孩想「飛」的念頭，突然，耳邊的歌聲一下沒了——對方把電話掛斷了。

　　「喂，喂喂！」沒有人回答。

第三章
鬼電話

　　小嵐眉頭緊皺，萬一那女孩真的「飛」了怎麼辦？得救救這女孩。但是怎麼救呢？這人是誰，她在什麼地方，自己全不知道！

　　她想了想，在電話上撥了個號碼。她要找尤加利王子幫忙。

　　「喂，哪位？」電話裏傳來王子慵懶的聲音。

　　「我是馬小嵐。對不起，打擾你休息了。」

　　「噢，小嵐，是你！」尤加利馬上變精神了，「不要緊，我是夜貓子，沒那麼早睡。」

　　「能不能請你幫幫忙，幫我追蹤一個沒來電顯示的電話？」小嵐簡單講了剛才發生的事。

　　王子說：「啊，有這樣的事？行，沒問題，我馬上命令有關部門給你查。」

　　「謝謝！」小嵐放下電話，心裏忐忑不安。

希望那女孩別幹傻事，希望尤加利能儘快找到她。

「叮咚叮咚叮咚——」有人性急地按門鈴。

不用看就知道是急性子的曉星。

小嵐走去打開門，果然見到曉晴曉星二人站在門口，兩人都是要出門的打扮。

「小嵐姐姐，我們出去吃宵夜好不好。聽說這裏的小食很不錯呢！」曉星說。

「小嵐，我們去逛時裝店吧，這個城市被稱為『時裝集散地』，不來白不來，我們買幾套好看的穿穿。」曉晴說。

小嵐心裏正亂，便瞪了他們一眼，轉身坐回沙發，說：「你們去吧，我沒空。」

「去吧！求你！」曉星抓着小嵐一隻胳膊晃呀晃。

「去吧！求你啦！」曉晴抓着小嵐另一隻胳膊晃呀晃。

小嵐沒好氣地抽回雙手，說：「不去不去不去！」

　　兩姊弟不再吭聲，只是嘟着嘴，兩雙眼睛朝着小嵐可憐巴巴地眨呀眨。

　　小嵐不為所動：「眨什麼眨，眼睛得病了嗎？走遠點，人家煩死了！」

　　曉晴和曉星一聽，馬上變成兩個好奇寶寶，他們坐在小嵐兩邊，眼裏飛出很多問號。曉星還豪氣大發，拍拍胸脯說：「小嵐姐姐，有什麼煩心事告訴我，我幫你解決！」

　　曉晴點點頭，說：「嗯。算我一個！」

　　小嵐歎了一口氣，把剛才收到古怪電話的事告訴他們。

　　曉晴眼睛瞪得大大的：「天哪，那女孩如果真的『飛』了，豈不是很危險，她隨時會沒命啊！」

　　曉星說：「趕快追蹤她的所在地！」

　　小嵐說：「我已經請尤加利王子幫忙追蹤了。但他還沒回覆。」

　　正在這時，小嵐的手機響了，小嵐趕緊接聽。

　　「是，我是小嵐！查得怎樣了？啊，那通電話是從烏莎努爾境內打來的？這電話號碼也屬於烏

莎努爾境內的電訊公司？好，請你把電話號碼告訴我。」小嵐趕緊抓起紙筆，把電話號碼記下，「43123456，好，再重複一遍，43123456。謝謝你，再聯絡！再見！」

小嵐那裏剛掛了尤加利王子的電話，這邊曉星已經機靈地用自己的手機撥打了剛查到電話號碼。

只聽到對方電話傳來電話錄音，一把好聽的女聲在重複地說着：「對不起，對方電話已關機。對不起，對方電話已關機……」

曉星無奈地掛上電話：「對方關機了。怎麼辦？」

小嵐說：「既然是烏莎努爾的電話，我們可以讓萬卡哥哥查找機主資料，再想辦法找到她。」

小嵐說完，急不及待撥了萬卡的電話：「萬卡哥哥，有件事，十萬火急，你馬上替我查查43123456這手機的機主是什麼人。還有，查到以後，想辦法找到這個人。這人有自殺傾向……」

小嵐簡單幾句交代了接到無名電話的事，就掛上電話，好讓萬卡儘快安排人去尋找「電話女孩」。

做完了該做的事，三個人你看看我，我看看你，心裏都在擔心那女孩的安危，但又不能做些什麼。

曉晴自我安慰說：「或者她聽了小嵐的勸告，從天台下去了，回了家。」

曉星愁眉苦臉地說：「也可能她已經成了小小鳥，從天台上跳了下去……」

曉晴尖叫一聲：「壞小孩，你怎麼總想些不吉利的事！」

曉星撅着嘴說：「人家也是在猜想其中一種可能性嘛！」

兩姊弟正在鬥嘴，突然，小嵐的手機響了。小嵐趕緊接聽，為了讓曉晴曉星也聽到，又按了免提。

「小嵐，你剛才說的電話號碼查到了，機主是一個叫海青的女性。」

小嵐大喜，忙說：「萬卡哥哥，那你快派人去找她，看來不來得及阻止她做傻事。」

萬卡在電話那頭卻沉默了一下，然後說：「小嵐，事情有點奇怪。戶籍上顯示，這個名叫海青的女子，已經在幾個月前因病去世了。」

「啊！」小嵐和曉晴曉星不禁瞠目結舌。

曉晴和曉星幾乎一起喊起來：「鬼電話！」

小嵐定了定神：「這世界上哪來的鬼！我估計，一定是這個名叫海青的人把電話丟失了，落到另外一個人手裏。打電話給我的，就是撿到電話的那個人。」

萬卡在電話那頭說：「我同意小嵐的說法。小嵐，你就別再為這件事擔憂了，因為現在我們想管也管不了。因為我們是無法查到是誰撿了海青的電話的。」

小嵐無奈地「嗯」了一聲。

萬卡說：「那我收線了。我還有事。你們在外一切小心，注意安全，知道不？」

小嵐說：「嗯。那你早點休息。萬卡哥哥拜拜！」

曉晴曉星也大聲說：「萬卡哥哥拜拜！」

「好的。小嵐拜拜，曉晴曉星拜拜！」

萬卡掛線後，房間裏的三個人好一會都沒作聲，大家還在擔心那個女孩，不知道她現在怎樣了。

過了一會兒，小嵐對曉晴曉星說：「你們去睡吧！萬卡哥哥說得對，我們擔心也沒用，現在是愛莫能助，想幫也沒法幫了。」

　　「嗯。」兩姊弟沒精打采地回自己房間了。

第四章
國王的傷心事

小嵐正要關門，卻聽到腳步聲，一看，原來是賓羅大臣回來了。

「賓羅伯伯，見完朋友了？」小嵐笑着跟他打招呼。

「是啊！」賓羅大臣看了看小嵐，發現她神情有點凝重，便問：「小嵐，你好像有點不開心，發生什麼事了？」

小嵐歎了一口氣，她還沒從剛才的電話裏抽離，心裏仍繫着電話女孩的安危：「伯伯，要是您不累，進來坐坐好嗎？」

「好啊！我不累。」賓羅大臣說。萬卡國王把三個孩子交給他，他有責任把他們照顧好。見小嵐不開心，他也想弄清楚怎麼回事。

小嵐給賓羅大臣倒了杯茶，然後坐到他對面。

「伯伯,剛才發生了一件事,我心裏十分不安……」小嵐一五一十把剛才怎麼接到電話,怎麼查找電話主人的事,告訴了賓羅大臣。

賓羅大臣看着小嵐秀氣的小臉,看着她因擔心而微皺的眉頭,心裏暗暗讚歎:能夠對一個素不相識的人都這樣關心,這小女孩擁有一個多麼善良的心啊!

「小嵐,這件事不在你的能力範圍裏,你能做的已經做了,已經對得起自己,對得起那女孩。我想,吉人自有天相,這女孩可能已經回到安全的地方。你就別擔心了。」

小嵐點點頭,説:「嗯。希望她沒事吧!」

「唉。」賓羅大臣好像想到了什麼,輕輕地歎了口氣。

小嵐瞪大眼睛看着賓羅大臣,説:「伯伯,難道您也有煩心事嗎?」

賓羅大臣説:「我是為老朋友難過。」

小嵐問:「就是您剛才見的那位老朋友?」

賓羅大臣點點頭,説:「對。這位朋友是黑睦

國的艾思文國王。」

小嵐好奇地問：「他有什麼煩心事呢？」

賓羅大臣說：「其實這件事已經讓他痛苦了很長時間了。十八年前，他當時還是王子，剛剛娶了一位漂亮溫柔的王妃，不久王妃又懷了孩子，還檢查出是個女孩。正當皇室沉浸在歡欣中時，王妃卻突然失蹤了。是在皇家度假村度假時失蹤的。從此，皇室及王子本人派出十幾隊人馬，展開了長達十多年的尋找。但是，王妃一直無影無蹤，就像人間蒸發一樣。」

小嵐「啊」了一聲，問：「王妃跟王子感情好嗎？會不會是因感情問題出走了。要是這樣的話，王妃肯定躲着王子，所以王子沒能找到她。」

賓羅大臣搖搖頭說：「不會，他們的感情非常好。」

小嵐又問：「那會不會是國王跟什麼國家或者什麼人有仇，是仇人故意把王妃擄走了？」

賓羅大臣點點頭說：「大家都認為是這個原因。國家與國家之間，因邊界、貿易、意識形態等

等許多問題，難保不會產生矛盾，引起仇恨。」

小嵐歎了口氣：「真是家家有本難唸的經。一個普通小女孩有傷心事，一個位高權重的國王也有傷心事，誰也跑不了。那現在艾思文國王有再結婚嗎？有別的孩子嗎？」

賓羅大臣說：「王妃失蹤後，老國王因為痛失兒媳婦和未出生的孫女，大病了一場，眼看不行了，艾思文王子馬上面臨繼位。但因為他們國家有個規定，國王加冕前一定要結婚，老國王為了讓艾思文王子順利登位，只好強令他馬上另娶王妃。艾思文王子沒辦法，只好答應了。他們婚後不久生了一個女兒。這個女兒你應該見過，她就在宇宙菁英學院讀書。」

「啊，我想起來了，艾黑紗嘛。」小嵐點點頭，說，「還好國王又有了小孩，這樣可以減輕他的痛苦。」

賓羅大臣說：「艾思文國王登位不久，老國王便去世了。艾思文國王每天處理許多國家大事之餘，還不忘尋找原配妻子。但多年尋找都未有消

息，他也漸漸死了這條心了。只是最近，他的母親，即皇太后病重，臨終時還心心惦念生死未卜的孫女，最後抱着遺憾去世了。艾思文國王是個孝順的人，覺得自己對不起母親，所以心情鬱悶、長噓短歎。」

小嵐心裏十分同情這位國王，說：「回去您把艾思文國王妻子的情況再詳細跟我講講，我讓萬卡哥哥吩咐有關部門，在黑睦國移民中查找一下，看能不能找到線索。」

賓羅十分高興：「那太好了，我代我的老朋友謝謝你。」

「不用謝。」小嵐調皮地眨了眨眼睛，說，「我跟尋人有緣。說不定我真能把人給找回來呢！」

賓羅大臣聽了心中一動。是啊，小嵐的確跟尋人有緣呢！不是嗎，連萬卡這個國王，也是因為她才尋回來的。

看過《公主傳奇》第一、二集的讀者都知道，如果不是小嵐，萬卡永遠只是萊爾首相的養子、皇家衞隊隊長，他的真實身分就永遠成謎。而霍雷爾

皇族便從此煙消雲散，烏莎努爾王國從此江山易主。

賓羅大臣心裏不禁大喜，說：「太好了！小嵐，回去找時間我跟你細談。國王陛下常說你是小福星，說不定，你這個小福星真能把我老朋友的妻兒找回來呢！」

賓羅大臣告辭後，小嵐也休息了。躺在牀上，她又想起了那個「電話女孩」，聽聲音她應該很年輕，今後的路還很長呢，希望她別做傻事。

她翻了個身，心裏默默地想：世界多麼美，生命多麼可貴，幹嗎就不喜歡這個世界呢，幹嗎年紀輕輕就不珍惜生命呢？天下沒有過不去的坎，勇敢地跨過去，就是一片廣闊的天地……

她迷迷糊糊地睡着了。

參加完阿加斯國慶典禮後的第二天，小嵐一行便急急坐飛機回國了。現在並非學校假期，而小嵐和曉晴曉星三人都是學生，不能耽誤太多功課。

飛機傍晚到達烏莎努爾機場，「皇家一號」在烏莎努爾機場停定，機艙打開，領頭走出來的小嵐

一下子便見到身材頎長英挺的萬卡站在停機坪上，笑瞇瞇地看着他們。

幾天不見，小嵐心裏挺想念萬卡哥哥的，她歡叫一聲，便從舷梯上跑了下去。

「萬卡哥哥！」

萬卡張開雙手，把小嵐擁進懷裏。

「萬卡哥哥，想我沒有？」小嵐調皮地朝萬卡眨了眨眼睛。

「想，當然想！」

「哪裏想？」

「心裏想！」萬卡寵溺地用手揉了揉小嵐的頭髮。

「萬卡哥哥……」曉晴曉星不甘示弱，張牙舞爪撲上來。一個從後面摟着萬卡的腰，一個抱住萬卡一隻手不肯放。

一下子，國王陛下身上好像掛了三隻小樹熊。

正下飛機的代表團成員和站在草坪上接機的官員，見了都忍俊不禁。

相信整個烏莎努爾，能跟威嚴的國王鬧着玩的，

就只有這三個小傢伙了。

「好啦別鬧了。不乖的不准參加今晚的接風宴！」萬卡笑呵呵地説。

「我乖我乖！」摟着萬卡腰的曉星趕緊撒手。

「還有不許出席下星期的國際時裝展開幕式。」萬卡繼續利誘。

「我也乖！」抱着萬卡膀子的曉晴也鬆開手。

「上車！」萬卡笑瞇瞇地拉着小嵐的手，上了停在機坪的七人房車。

曉星和曉晴也在侍從官的照料下上了車。

晚宴後，小嵐和萬卡手拉手在映月湖邊散步。月色迷人，映月湖上閃着銀色的光。

好美好寧靜的夜。兩人都沒吭聲，好像不想打破這裏的安靜。

小嵐突然説：「萬卡哥哥，我覺得我好幸福。有你愛我，有爸爸媽媽寵我，還有曉晴曉星和許許多多的人喜歡我。我覺得自己好幸福。」

萬卡低頭看看小嵐在月色下動人的臉，説：「像你這麼好的孩子，應該擁有幸福。」

小嵐把頭輕輕靠在萬卡的肩上，説：「不是好孩子就能擁有幸福的。就像早兩天打電話給我的女孩子，我肯定她是個好女孩，但她就不快樂，不幸福。還有，艾思文國王也不幸福。」

　　小嵐跟萬卡説了艾思文國王的傷心事，又説：「萬卡哥哥，你能幫他尋找妻子和孩子嗎？」

　　「當然可以。我等會兒就馬上通知有關部門，

讓他們去查一查。」萬卡看着小嵐。

「謝謝萬卡哥哥。」小嵐仰起頭，看着萬卡俊朗的臉，「萬卡哥哥，我想要所有人都幸福，像我那樣幸福。」

萬卡寵愛地揉揉小嵐的頭，説：「我答應你。小嵐，就讓我們一起來努力，讓烏莎努爾成為世界上幸福指數最高的國度，讓烏莎努爾人成為世界上最幸福的人民。」

第五章

一本日記本

　　小嵐睡了一個好覺，第二天一早便如常起牀，跟曉晴曉星一起上學去了。

　　在學校門口下了車，剛要進學校，就聽到兩把銀鈴般清脆的聲音：「公主姐姐！公主姐姐！」

　　小嵐停住腳步，扭身一看，見是兩個長得十分漂亮可愛的小女孩，一個披着長髮，一個腦後紮着馬尾巴。看她們穿着的校服，是宇宙菁英學院附屬小學的學生。

　　「公主姐姐早上好！」兩個女孩很有禮貌地朝小嵐鞠了個躬。

　　「兩位小妹妹好！」小嵐微笑着說。

　　長髮女孩大眼睛忽閃忽閃的，看得出她很激動，她說：「公主姐姐，沒想到能見到您，我太興奮了！我叫紫妍，她叫亭茵，我們都在附小讀書。」

小嵐點點頭，問：「兩位小妹妹，找我有什麼事嗎？」

亭茵揚揚手裏一個硬皮的筆記本子，説：「公主姐姐，是這樣的，我們剛才撿到了一本筆記本，本子封面有宇宙菁英學院的標誌，我想一定是哪個大姐姐或大哥哥丟的。您能替我們找到筆記本的主人嗎？」

小嵐露出燦爛的笑容：「當然可以。我代這本子的主人謝謝你們。你們真是熱心助人的好孩子！」

「謝謝公主姐姐！」紫妍和亭茵被公主誇獎，高興極了，眼睛晶亮晶亮的，就像小星星在閃爍。

兩個小姑娘興奮地看着小嵐，看樣子還想説什麼，小嵐看了看手錶，説：「上課時間快到了，快回課室吧！」

「公主姐姐再見！」兩個小姑娘一蹦一跳跑遠了。

小嵐把筆記本塞進背囊，快步走進校園。即使是公主，也不能遲到哦！

下午放學坐車回皇宮時，曉晴神秘兮兮地對小嵐説：「我剛收到消息，剛選出來的校花梅芊芊失

蹤了。」

「啊，梅芊芊失蹤了？！什麼時候的事？」小嵐嚇了一跳。她眼前浮現出那一張略帶羞澀的美麗臉孔，以及臉上那純樸的笑容。

曉晴說：「她早兩天跟老師請了兩天假，本來今天要回來上課的，但一天都沒見人。」

坐在副駕駛座的曉星回過頭來，說：「這事我也聽班裏同學說了。而且我還聽說校花選舉之後，網上出現了很多侮辱梅芊芊的言論，會不會這是梅芊芊失蹤的原因？」

小嵐說：「我覺得梅芊芊應該是性格溫和、低調的人，不會容易招惹是非的。什麼人要去傷害她呢？」

曉晴說：「我敢肯定，一定是有人妒忌她當了校花，故意整她。」

曉星說：「聽說，她最後一天放學時，是哭着跑出學校的。當時她身後還有幾個女生追着罵。」

小嵐皺着眉頭說：「啊，竟然有這樣的事！明天我得去跟校長談一下這件事，校園欺凌決不能發

生在我們學校！」

晚上，小嵐做完作業整理書包時，一個硬皮本子從書包裏掉了出來。咦，這不是早上兩個小妹妹交給自己的那本筆記本嗎？哎呀，忘了交給老師。

小嵐撿起筆記本，無意中看見了扉頁上娟秀的字：……每一次都在徘徊孤單中堅強，每一次就算很受傷也不閃淚光，我知道我一直有雙隱形的翅膀，帶我飛，飛過絕望……

啊，是《隱形的翅膀》的歌詞！

小嵐撿起筆記本，看着那用鋼筆寫的娟秀的字體，心裏一動，想起了那個神秘的電話，想起了那女孩在電話裏唱的歌。

神差鬼使地，她翻開了筆記本子。

X月X日　星期三

真沒想到，我在全國校花選舉中拿了冠軍！

小嵐眼睛睜大了——校花冠軍？天哪，竟然是梅芊芊的日記本子！

本來，未經允許看別人的日記是不禮貌的，但小嵐顧不上顧忌這些了。也許，從這日記本裏，能夠找出梅芉芉失蹤的原因。她繼續往下看。

　　……小時候我常常夢想自己是個小公主，沒想到如今願望實現了。我戴上了皇冠，拿起了權杖，打扮得就像個美麗的小公主一樣，接受人們的歡呼和祝賀。

　　稍後，我將代表國家，參加世界校花選舉。如果能當選世界校花冠軍，就有資格成為聯合國兒童教育大使，到世界各地幫助生活在窮困中、無法上學讀書的孩子。

　　我很希望能當選。希望有機會去幫助那些孩子，就像別人幫助自己一樣……

X月X日　星期四

　　今天走進校園的時候，我發現很多同學看我，他們臉上都很友善，有幾個同學還對我說：「祝賀你！」「你真漂亮！」

我不好意思地回應着：「謝謝！謝謝！」

突然，我被人從後面狠狠地撞了一下，扭頭一看，見到兩個高大的女同學，一個長髮，一個短髮，用不屑的眼神看着我，短髮女生還朝我撇撇嘴，說：「哼，不知羞恥的黑幕校花！」

我腦子「轟」的一聲，心裏堵得快喘不過氣來。我氣憤地回擊：「你、你胡說！」

那兩個女學生又朝我撇撇嘴，走了。

我心裏很生氣，這是什麼人啊，無中生有、無事生非。但我很快就平靜下來了。天氣多麼好，世界多麼美，我不可以跟那些無聊人生氣。

沒想到，這些人卻不想放過我。

中午吃完飯後，我正想休息一會。一個低班的小女生跑到我身邊，塞給我一張字條，說：「有個學姐讓我交給你的。」說完就跑了。

我打開字條一看，只見上面寫着兩行字：

請來蘭花徑那棵百年老樹下，告訴你一個驚天大秘密。

你的校友

我心裏挺奇怪的，這人是誰？他要告訴我一個什麼秘密？

我猶豫了一下，還是起身下樓，去見見那個校友。蘭花徑在校園的最西面，是一條幽靜的小路，小路盡頭有一棵百年老樹，枝葉很茂盛，同學都很喜歡在樹下看書或聊天。只是早些天聽説有人見過有蛇出沒，所以同學都不敢去了。

我很快就到了百年老樹下，卻沒看見有人，正在奇怪，突然「嗖」的一聲，有東西從樹上落到我的肩膀，我一看，啊，一條半吠長的蛇，正搭在我的肩上！

「啊……」我不禁尖叫起來，我一邊叫一邊跳，幸好蛇很快被抖落地上。這時我才發現，這是一條假蛇。

是什麼人這樣缺德！我摸着還在「撲通撲通」亂跳的胸脯，抬頭往樹上看，發現有幾個人坐在樹杈上，但是，我還沒看清是誰，就有人把一桶水蓋頭蓋臉往我潑來。我根本沒時間躲開，就被水從頭淋到腳，身上沒一絲乾的地方。

我整個人愣住了，腦子一片混亂，弄不清狀況。這時，從樹上跳下來三個人，兩個是早上撞我的那兩個牛高馬大的女生，還有一個，竟是黑睦國的公主、得了校花第二名的艾黑紗！

「你們……你們怎可以這樣……」我又難過又氣憤，眼淚忍不住流了出來，嗓子好像塞了一團棉花，再也說不出話來。

「哈哈哈……」那三個人無恥地大笑着。

我氣得渾身發抖，公主又怎麼樣，公主就可以橫行霸道，就可以任意欺凌同學嗎！這世界上還有沒有天理！

那三個人笑夠了，艾黑紗惡狠狠地對我說：「你馬上去找校花評委會，要求放棄校花冠軍稱號，要不，還有更多的驚喜給你。」

「像你這樣的下等人，竟想做校花冠軍，真是癡心妄想！」長髮女生朝艾黑紗鞠了個躬，接着說，「只有我家公主，才最有資格當冠軍，才最有資格去參加總決賽。」

我氣得一句話也說不出來，只是嗚嗚地哭着。

艾黑紗又説：「你別想去向校長老師告狀，這裏沒有安裝攝像頭，又沒有其他同學，你説的話，沒有人信的。記住，你是不小心掉到荷花池裏，弄濕自己的。」

那三個惡魔接着便揚長而去。

我軟軟地坐倒在百年老樹下，是的，沒有人給我作證，沒有人信我的。我只好掙扎着站起來，找老師請了假，回家換衣服去了。

但是，我決不會放棄我的冠軍稱號，這是全國學生給我的榮耀，是我自己用實力爭取的榮耀，不能拱手送給那惡魔公主。

X 月 X 日　星期 X

我承認自己是一個膽子小的女孩。我沒有爸爸媽媽，我只能自己慢慢學會堅強。

今天放學時，我又被那三個惡魔堵在半路，艾黑紗又再威脅我，要我放棄參加世界校花選舉。

我拒絕了。不管她們怎樣對我，我都要捍衛這榮譽。艾黑紗老羞成怒地説了聲：「你等着瞧！」

然後帶着兩個跟班走了。

我不怕，我要堅強。我要向這些校園惡霸宣戰！

X月X日　星期X

今天上學時，感覺又有很多同學看我。但我明顯地覺得，那些眼光裏沒有了之前的友善，而是換成了懷疑、鄙視、嘲笑、不屑……

也沒有了之前的讚美和祝福。取代的是指指點點、竊竊私語……

發生什麼事了，是自己太敏感太多疑嗎？我忐忑着，低着頭走進了課室。

課室裏，十幾個同學圍在一起，在看一個同學的手提電腦，邊看邊議論着：

「今天學校論壇爆了好多猛料啊！真沒想到，原來她的冠軍頭銜是用這樣手段得來的！」

「哼，這個人真骯髒，之前還以為她很單純呢！」

「她的家庭好複雜啊！生活在這樣的家庭，能

有好人嗎？」

「這論壇上說的不知是真是假，我們可不能全信⋯⋯」

我腦子「轟」的一聲，他們說的，難道是我？

一個女生抬頭發現了我，使勁「咳」了一聲，那班同學一下子散開了。

我腦子亂糟糟的，究竟發生了什麼事？自己有什麼可以讓人議論的？

上午第一堂課，我都在胡思亂想中度過，老師講了什麼，我一點都不知道。下課鈴一響，我就飛也似的跑出課室，跑上學校多媒體室，在一台電腦前坐下來，打開，進入了學校論壇。⋯⋯

我腦子「轟」的一聲。數不清的帖子對自己大肆進行人身攻擊，什麼選校花有幕後交易，什麼沒有人格，連我是個孤兒這件事也拿來大做文章，把我的身世說得骯髒不堪。

為什麼？為什麼會這樣？我自問與世無爭，自問從來不去傷害人，為什麼有人這樣對我？

我衝出多媒體室，沒想到，竟然見到昨天那三

個惡魔堵在門口，艾黑紗不由分說朝我臉上重重地搧了一巴掌。

我捂着火辣辣的臉，心裏悲憤莫名，衝出了校門……

日記寫到這裏就沒有了。

小嵐努力壓抑着心裏的憤怒，她打開電腦，進入了學校論壇。果然，一個個帖子矛頭直指梅芊芊，內容之惡毒，簡直令人髮指。她忍不住用手一拍桌面，大喊一聲：「太過分了！太過分了！」

心理學家丹·奧威斯提出了「欺凌」的標準定義：「當一個人遭受其他一個或多個人實施的赤裸裸的、反覆的、長時間的消極打擊，而他（她）不能自我保護的情況稱之為欺凌。」

梅芊芊受辱事件，就是赤裸裸的校園欺凌，網絡欺凌！

第六章
拯救校花

「小嵐姐姐，你怎麼啦？」書房門口，站着曉晴曉星兩姊弟，兩人腳邊是小粉豬笨笨。

每天這個時候，他們都會來約小嵐一塊去「遛豬」。

「你們自己看吧！」小嵐氣呼呼地指了指電腦。

曉晴曉星不知發生了什麼事，令到小嵐這樣憤怒。兩人連忙湊近電腦，看了一會，便都詫異地睜大了眼睛。

「什麼人這樣缺德！連梅芊芊的父母都拿出來說事！」曉晴驚訝地說。

「之前聽說網上出現了很多針對梅芊芊的言論，還以為只是些小打小鬧，沒想到是這樣惡毒的人身攻擊。」曉星忿忿地說。

曉晴好像發現了什麼：「小嵐，你快來看，這

些帖子，幾乎全是兩個人搞出來的。你看，一個叫小樹，一個叫小花。」

小嵐湊過去，果然不錯，帖子雖然鋪天蓋地，但有八成都出自叫小樹和小花的人。她皺皺眉頭，說：「我想我知道這兩人是誰了。」

曉星問：「是誰，告訴我，我去揍他！」

小嵐說：「黑睦國公主艾黑紗的兩個保鏢，黑樹和黑花。」

「啊，是她們！」曉晴倒吸了一口冷氣，說，「艾黑紗這個人我聽過她的事，她是這個學期才來我們學校的。我還知道她從黑睦國帶來兩個女保鏢，年齡比同班同學大了幾歲，都長得高又壯，還會功夫。聽說艾黑紗常常帶着她們欺負同學，在學校橫行霸道的。」

曉星說：「梅芊芊看上去挺善良的，是個不愛惹事的人，怎麼這兩個人這樣針對她呢？」

曉晴說：「笨蛋！肯定是艾黑紗指使的。艾黑紗沒當上校花冠軍，所以對梅芊芊羨慕妒忌，就讓兩個跟班在論壇上欺負她。」

小嵐點頭：「曉晴說得對。毫無疑問，艾黑紗一定是幕後主腦。」

曉星說：「梅芊芊好慘啊！我們得幫她。」

小嵐說：「這事我得告訴萬卡哥哥，讓他責成學校徹查這件事。另外，我想建議萬卡哥哥通過立法，把在網絡散播謠言定為刑事犯罪。」

「支持，支持！」曉晴曉星都舉雙手贊成。

曉晴突然想起了什麼，她喊起來：「糟糕了，梅芊芊失蹤，肯定跟這些帖子有關係！你們說，她會不會去做傻事？」

小嵐皺着眉頭說：「我有點懷疑她就是早幾天打電話給我的那個女孩。」

曉星和曉星驚叫道：「電話女孩！」

曉晴問：「為什麼你認定她就是電話女孩？」

「我也不敢肯定。只是看到她日記本上這段歌詞，我猜是她。」小嵐把日記本扉頁上的那幾句話指給他們看，「那天，女孩就是在電話裏唱了這首歌。」

三個人你看看我，我看看你，越來越覺得事態

嚴重。

小嵐說：「走，我們馬上去梅芊芊家一趟！」

「好！」曉晴曉星緊跟着小嵐出門。聽到有東西在後面哼哼，才記起他們本來是要帶小粉豬出來「遛」的。

曉星趕緊安撫小粉豬：「我們要去辦一件很要緊的事，笨笨乖，你先去找瑪婭姐姐玩兒，等我們回來。」

小粉豬聽了，甩甩小尾巴，屁顛屁顛地找小嵐的女管家瑪婭去了。

小嵐先打了個電話，讓車子在外面等候，又打了個電話給宇宙菁英學院院長秘書，要她幫忙查梅芊芊的電話和地址。

小嵐他們剛坐上車，秘書的回覆電話就到了，奇怪的是，學生資料顯示梅芊芊家竟然沒有電話，也沒有登記手機號碼。幸好，家庭地址有記錄在案。

小嵐記下梅芊芊家的地址，並告訴了司機，車子馬上風馳電掣向前駛去。半小時後，便到了梅芊芊家所在的地方——濟民邨。

烏莎努爾是一個福利國家，國民福利惠及每一個家庭。在全球房價高企的時候，這裏仍然維持在一般市民能力所及的價格，而且國家銀行還會給市民提供十分優惠的按揭貸款。而對一些沒有經濟來源的貧困家庭，就會提供廉租屋，令領綜援過日的市民也有一個安樂窩。

濟民邨就是一個廉租屋邨。梅芊芊住在這裏，這說明她是屬於一個貧困家庭。

小嵐三人按着地址，很快找到了梅芊芊的家。

濟民邨全是一幢幢清一色的五層建築，可能已有一定年月，樣式較舊，而且沒有大堂，沒有保安員。小嵐他們可以自行上樓。梅芊芊的家在二樓。

「篤篤篤！篤篤篤！」曉星上前敲門，但沒有人應。他又再敲了幾下，仍然沒有人出來。

「有人在嗎？梅芊芊，梅芊芊！」小嵐大聲喊着。

「誰找芊芊？」隔壁的門開了，走出來一個四十來歲的阿姨。

「我們是梅芊芊的同學。」小嵐有禮貌地說，

又問，「阿姨，請問你知道梅芊芊去了哪裏嗎？」

「芊芊幾天沒回來了，我正擔心她呢！」

曉晴問：「她家裏其他人呢？」

阿姨說：「她五歲就成了孤兒在孤兒院生活，十歲時被人收養。她一直跟養母住在這裏。這養母只大了她十來歲，對她還不錯。唉，很不幸，幾個月前她養母因病去世了，現在就剩下她一個人。她平常很乖的，每天一放學就回家，但從大前天早上去上學之後，就沒見她回來，我還以為她跟學校去了露營什麼的。」

「養母？」小嵐愣了愣，急忙問，「阿姨，請問梅芊芊的養母是不是叫海青？」

阿姨說：「是啊，你怎麼知道？沒錯，她就叫海青。」

小嵐和曉晴曉星交換了一下眼神，原來梅芊芊真是電話女孩！

小嵐很擔心，連忙問阿姨：「阿姨，你知不知道梅芊芊還有沒有其他親戚朋友？」

阿姨搖搖頭：「好像沒有。自從她們搬到這裏

住，好像還沒有見過有什麼人來看她們。」

小嵐越發着急了，得趕快找到梅芊芊，千萬不可以讓她出事！

她又問阿姨：「阿姨，你知不知道，梅芊芊十歲前住在哪個孤兒院？」

阿姨説：「知道。芊芊長大後，常常去她住過的孤兒院幫忙照顧小朋友，我有一次聽她説起孤兒院的事，知道那間孤兒院叫仁心，仁心孤兒院。」

「謝謝阿姨！」小嵐謝過阿姨，拉着曉晴曉星走出濟民邨。

曉星説：「小嵐姐姐，我們是不是去仁心孤兒院了解梅芊芊的情況？」

小嵐點點頭：「對，現在只有循這條線索尋人了。」

曉晴看了看手錶：「晚上九點了，這個時間去，孤兒院的工作人員應該都下班了。」

小嵐猶豫了一下，説：「時間不等人，梅芊芊離開家已經幾天了，很難設想她會發生什麼事，所以必須儘快找到她。孤兒院晚上也會有工作人員值

班的，也能了解到一些情況。」

　　小轎車的司機遠遠見到小嵐等人走來，已下車拉開了車門，小嵐上了車，吩咐司機去仁心孤兒院。想了想，她又拿出手機撥了個電話給保安大臣：「是黎采先生嗎？我是小嵐。麻煩你通知各保安部門，讓他們留意一下，有沒有接到報案，發現有少女傷亡或流浪街頭。如有，馬上把名字告訴我。」

　　她接着又找到了之前梅芊芊在天台撥的那個電話號碼，試着撥撥，看看有沒有人接聽。但她馬上失望了，對方電話仍是關機。

第七章

回憶當年事

　　仁心孤兒院座落在幽靜的郊外，從門口望進去，是一個大操場，再裏面是一幢三層的小樓。小樓挺舊的，外牆塗料已有些剝落。

　　保安員是一個四五十歲的叔叔。見到小嵐三人站在門口張望，便從門房走出來，問道：「你們有事嗎？」

　　「叔叔好！我們有事想找你們負責人談談，不知方不方便？」小嵐説着，又拿出自己的學生證遞了過去，「這是我的證件。」

　　小嵐在烏莎努爾十分低調，平日以公主身分出席一些活動時，也刻意把自己打扮得成熟一些，所以保安員沒認出這為首的小姑娘就是尊貴的公主殿下，只把她當作一個有禮貌的女學生。

　　保安員叔叔接過學生證看了一眼，微笑説：

「算你們好運，今晚剛好雲院長值班。你們稍等，我打電話看看她有沒有空。」

保安員叔叔轉身回了門房打電話。

一會兒，保安員叔叔出來，說：「你們進去吧！雲院長就在樓下最靠右的那間辦公室。」

「謝謝叔叔！」小嵐和曉晴曉星異口同聲地說。

真是沒想到這麼順利啊！

三個人按保安員叔叔的指示，找到了院長辦公室，小嵐敲了敲那扇關着的門，提高聲音說：「請問，雲院長在嗎？」

聽到裏面應了一聲，很快有人來打開門，是一個年近六十的阿姨。

「我就是雲院長，你們坐。」雲院長把小嵐他們請進辦公室，又指着靠牆的一張長沙發，讓他們坐下。

小嵐接過院長遞來的一杯茶，說：「謝謝院長這麼晚還願意見我們。其實我們今天來，是有事想請您幫忙。」

雲院長臉上露出慈祥的笑容，說：「沒問題，

反正孩子們都睡了，我也沒什麼事做。」

小嵐接着說：「我們有個同學，失蹤幾天了，找不到人。我們去她家問她鄰居，鄰居說她自從大前天出去後，就沒有回家。我們想通過她的親戚朋友打聽她的下落，但經過了解，她好像沒有什麼親戚朋友。所以，我們只好上您這裏，看看她這幾天有沒有來過。因為我們知道她在這裏生活過，被領養後又常常回來幫忙照顧小朋友。對了，我們這個同學的名字叫梅芊芊。」

「梅芊芊！」雲院長一聽很緊張，「芊芊失蹤了？有這樣的事！」

曉星在一旁插話說：「院長阿姨，梅芊芊最近有沒有來過您這裏？」

雲院長說：「她一個星期前來過，她當時沒什麼異常啊！相反還挺高興的樣子，說她參加校花選舉了，還說有信心得第一。」

「一周前？」小嵐皺皺眉，「雲院長，您是說，梅芊芊從一周前來過後，就沒再露過臉？」

「是的。」雲院長滿臉擔憂，「天哪，這孩子

上哪去了呢？」

小嵐問：「雲院長，您知不知道，梅芊芊還有沒有其他親人？」

雲院長搖搖頭說：「應該沒有。要是有的話，當年她媽媽臨死前也不會把她交給孤兒院了。」

曉晴問：「雲院長，您見過梅芊芊的親生媽媽？」

雲院長說：「見過。當年就是她媽媽親手把芊芊交給我的。」

小嵐問：「您對芊芊媽媽了解有多少？還記得她名字嗎？我可以請有關部門查查她戶籍資料，看看能不能找到線索，追尋梅芊芊的下落。」

雲院長沉吟了一會，說：「梅芊芊媽媽的情況很特殊，找到她的戶籍資料也沒用。」

曉晴眨着眼睛，樣子很是困惑：「為什麼呢？梅芊芊媽媽總有爸爸媽媽、兄弟姊妹，或堂的表的關係吧！」

曉星點頭說：「是呀是呀，她總不會是像孫悟空一樣，從大石頭爆出來的吧！」

「你們聽我講完，就會知道原因了。」雲院長陷入回憶，「記得那年，我剛剛來到仁心孤兒院工作不久，一天，我們老院長接到慈善醫院打來的電話，說是有個病重的病人想把她五歲的女兒託付給孤兒院，希望我們派人去接她女兒。當時我們老院長剛好有要事走不開，就把這件事交給我辦。你們也應該猜到了吧，這個垂危的女病人，就是梅芊芊的媽媽。我去到醫院後，醫院一個姓余的副院長接待了我，給我介紹了女病人的情況。原來那是個單親媽媽，名叫梅林，她一個人帶着女兒過活，很是凄涼。沒想到禍不單行，她又得了癌症，已是晚期。在醫院住了幾個月，也沒能挽救她的生命，醫生診斷，她只有一兩天壽命了。」

「嗚嗚，真慘……」曉晴哭了起來。

小嵐和曉星也很難過。

雲院長歎了口氣，繼續說：「記得我當時問余副院長，梅林還有沒有其他親人，如果有的話，就問問他們可不可以收養小女孩，在一個正常的家庭長大，會比進孤兒院為好。余副院長告訴我，梅林

的情況很特殊,她是六年前,警方在一處梅花林中『撿』回來的。」

「『撿』回來?」三個孩子很是吃驚。

雲院長點點頭:「是的,當時余副院長就是這樣跟我說的。警方在梅花林發現她時,她頭部受了重創在流血,衣服破破爛爛,瘦得不成人樣。警方立即把她送進醫院,發現她已有四個月的身孕。經過搶救,她終於脫離危險,也醒過來了。但是,當警方問她叫什麼名字,之前發生過什麼事,她都回答不上來,她記憶的起點就在醒來的那一刻。警方後來到處張貼認人啟事,希望找到認識這女人的人,但奇怪的是,一直沒有人認出她的身分。警方只好放棄了,因為她是在梅花林被救起的,便替她取了個名字,叫梅林。」

小嵐點點頭,若有所思:「原來是這樣,怪不得您說查戶籍資料也沒用。」

雲院長說:「梅林出院後,有關部門為她辦理了烏莎努爾居留權,政府社會福利署給她找了份合適的工作,讓她自食其力。但到芊芊出生後,她身

體又開始變差，後來又驗出患了絕症。」

曉晴抹着眼淚說：「梅芊芊的媽媽好可憐啊！」

小嵐輕輕歎了口氣，真想不到，真實生活有這樣悲慘的故事。她想了想又問雲院長：「院長，芊芊的媽媽是一個怎樣的人？」

雲院長說：「當我在余副院長帶領下去到病房，見到梅林的時候，我很震驚，因為眼前這個女子長得實在太漂亮了。即使人很瘦、臉色很蒼白，但也無損於她驚人的美。梅林當時已很虛弱，說話也斷斷續續的，她把年僅五歲的女兒梅芊芊託付給我之後，好像已竭盡全力，又昏迷過去了。我把梅芊芊帶回孤兒院，當晚醫院就傳來了她的死訊。」

辦公室裏一片寂靜，大家都在心裏哀悼那個可憐的母親。

過了好一會，雲院長才補充了一句：「梅芊芊之後一直在孤兒院生活，直到十歲那年，才被一名叫海青的年輕女人收養。據說這個海青也是一名孤兒，也許是同病相憐，芊芊又長得漂亮乖巧，所以

海青收養了她。」

小嵐想，看來想通過梅芊芊的親友去尋找線索，是真的行不通了。

雲院長説：「芊芊這孩子挺好的，雖然個性沉靜了點，不大愛説話，但為人善良，熱心助人。見到孤兒院人手不夠，一有時間就跑來幫忙。不久前她養母去世，她難過了一陣子，後來還是想開了，怎麼現在又離家出走呢？她不是最近受到什麼打擊吧？」

小嵐三人互相瞅瞅，也不想説什麼，怕雲院長擔心。小嵐輕描淡寫地説：「她最近在學校和同學鬧了點不愉快，也沒什麼大問題。」

「哦，原來是這樣！這孩子，怎麼小心眼起來了。」雲院長又對小嵐説，「要是你們找到芊芊，就給我打個電話。」

小嵐點點頭：「好的。」

見時間已晚，雖然明天是星期六放假，但也該回去了。於是小嵐向雲院長説了謝謝，便帶着曉晴曉星離開了孤兒院。

第八章
死亡邊緣

小嵐可以説是一夜無眠，躺在牀上眼睜睜直到天亮。她很擔心梅芊芊，她一個女孩子，又無親無故的，能上哪裏去呢！

按道理，她那天在天台跟自己通話後，應該沒有輕生，以烏莎努爾保安部門的能力，如果有女孩跳樓，絕對不會不知道的。按梅芊芊隔壁阿姨説的情況，梅芊芊應在那天打完電話後就沒有回過家。她究竟去了哪裏？

小嵐又拿起手機，撥了一次梅芊芊的電話，仍是關機。

小嵐越想越擔心，決定馬上再去一趟濟民邨碰碰運氣，看梅芊芊回家了沒。即使仍未見她蹤影，也可以跟鄰居阿姨再談談，看能否得到有用的信息。

她吩咐瑪婭通知司機在嫣明苑門口等候。

今天是星期六，曉晴曉星一定在睡懶覺，所以小嵐也沒叫他們，自己匆匆吃了點早餐，就打算自己一個人去找芊芊。

從餐廳一出來，就差點撞在一個人身上，一看，原來是曉星，他旁邊還走着曉晴。曉星見到小嵐一副出門的樣子，便問：「小嵐姐姐，你去哪裏？」

小嵐説：「濟民邨。」

「啊，我也去！」曉晴曉星異口同聲地説。

小嵐説：「你們還沒吃早餐，算啦，我自己去！」

「不行不行，我們也去，我們也去！」

曉晴曉星説完便衝進餐廳，在準備好給他們的早餐裏一人抓了幾樣點心，又衝了出來，生怕小嵐不帶他們去。

到了濟民邨，他們又去拍梅芊芊家的門，仍然沒人應門，倒是又把隔壁的阿姨驚動了。阿姨打開自家大門，見是小嵐幾個，便急急地問：「小妹妹，你們找到芊芊了嗎？」

　　小嵐遺憾地搖搖頭，那個阿姨馬上一臉失望。

　　小嵐又問了阿姨一些梅芊芊的情況，阿姨提供的也很有限，對尋找梅芊芊幫助不大。小嵐沒辦法，只好失望地帶着曉晴曉星離開了梅芊芊家的大樓。

　　走了幾步，小嵐又停下來望向梅芊芊家的樓頂。其實昨天第一次來時，她已經問過阿姨，這幢樓有沒有天台，阿姨回答沒有。但她不死心，趁着白天看得清楚，又向附近的樓宇一幢幢看過去。這時有個伯伯經過，她立刻截住伯伯詢問：「伯伯，濟民邨有沒有建有天台的大樓？」

　　伯伯看了她一眼，搖搖頭説：「一幢也沒有。廉租屋的大樓都是沒有天台的。」

　　小嵐又問：「那您知不知道，這裏附近有哪幢樓房是有天台的呢？」

　　「新建的樓房都是沒有天台的。除非那種有六七十年歷史的舊樓，就有可能有天台。不過這樣的舊樓一般已經拆卸重建，已不多見。」伯伯停了停，朝遠處看了看，指着幾百米遠的一幢十來層的大廈，説，「喏，那幢青蓮大廈就有天台。你們對這類舊式

天台感興趣？那就趕快去看吧！因為青蓮大廈已準備重建，住客都搬走了，可能過幾天便有施工隊來拆卸了。」

小嵐看着距離幾百米遠的那幢大廈，心中「咯」一下：有天台而又沒有人住，那很有可能梅芊芊就是在那幢大樓的天台上打電話的！

小嵐謝過伯伯，朝曉晴曉星招招手，便拔腿朝那幢即將拆卸的大廈跑去。

曉晴有點莫名其妙，她一邊跑一邊喊：「小嵐……小嵐……幹嗎啦？咱們去哪裏？」

曉星卻一下想到了什麼，他說：「姊姊，你真笨！那幢準備重建的青蓮大廈，有可能就是電話女孩打電話的地方。」

「啊！」曉晴恍然大悟，但她又說，「不過，都好幾天了，她怎麼可能還在那裏。」

小嵐說：「即使人離開了，也可以看看有沒有留下什麼線索。反正現在哪怕一點點線索也得抓住。」

三個人很快跑到了青蓮大廈樓下，大廈的大鐵門虛掩着，小嵐用手一推，便推開了。

大廈沒有照明，幸好今天陽光燦爛，陽光透過窗戶射進大堂，所以仍能辨清道路。電梯當然沒運作了，三人只好爬樓梯。曉星一馬當先跑上樓梯，小嵐和曉晴隨後。

才上了四層，曉晴就氣喘吁吁了，仍然面不改容的曉星說：「姊姊，平時叫你加強運動，你又不聽，現在後悔了吧？你看看我，臉不改色心不跳。嘻嘻……」

曉晴停下來休息，呼呼喘氣還不忘回擊弟弟：「哼，心不跳？人如果心不跳還能活嗎？」

曉星被問住了，他向曉晴扮了一下鬼臉，說：「哼，嘴巴厲害算什麼，有本事追上我呀，追呀！」

說完，一個勁地往上躥。

「哼，小看我！」曉晴不認輸，小宇宙大爆發，一反嬌小姐形像，在曉星後面緊追。

小嵐搖搖頭，這兩個活寶，上樓梯也要爭一下。

就在曉晴曉星的你追我趕中，他們很快就跑完十二層，到了天台。放眼望去，天台空空如也，沒有人，連一點雜物也沒有。

這本來已是預料中的事，時間已過去幾天，梅芊芊又哪會老呆在這裏呢？

　　「咦，電話！這裏有個摔壞了的手提電話！」曉晴在地上撿起兩樣東西，看得出來，那是手機的機身，以及手機背面的保護殼。

　　小嵐和曉星急忙跑向曉晴，看到曉晴在拼湊那手機，型號很舊，但很小巧，機殼是紅色的。小嵐心裏幾乎可以肯定，這是屬於梅芊芊的手機。

　　那天，梅芊芊電話中斷，一定是她手機摔壞了的緣故。

　　曉晴邊拼湊手機邊說：「咦，電池沒有了，快找找看。」

　　曉星聽了趕緊滿天台的找電池，找着找着，轉到有堵牆擋着的另一面去了。

　　「啊，死人！」突然聽到曉星大叫一聲。

　　小嵐和曉晴一聽大吃一驚，連忙跑過去。

　　「你、你們看！」隨着曉星的手指看去，見到一個少女雙眼緊閉，靠着牆一動不動坐着，乍看上去的確像一個剛死去的人。

　　曉晴嚇得直往小嵐背後躲：「我、我害怕！」

　　小嵐拍拍她肩頭，叫喚曉星：「來，陪着你姊姊。」

　　説完，她鎮靜地走向少女。

　　越走越近，她看清了少女的臉，一雙細長的丹鳳眼，精緻挺直的鼻子，小小的櫻桃小嘴，啊，那不就是她們一直找的梅芊芊嗎？只是她比選校花時明顯瘦了很多，瓜子臉尖得像個錐子。

　　小嵐快走幾步，走到梅芊芊跟前蹲了下來。她伸手到梅芊芊鼻子下面試了試，有氣呢！

　　小嵐無意中觸到了梅芊芊的臉，馬上條件反射地縮回手，天哪，好燙。她又伸手摸了摸梅芊芊的額頭，簡直像一塊燒着的炭！

　　她趕緊拿起手機撥電話，喊司機來幫忙。從十二層樓背個人下去，他們三人都沒法做得到，唯有靠精壯的司機哥哥了。

　　小嵐提早給醫院打了個電話，所以他們的車子一到，便有醫護人員推着擔架牀在大門口等着。車子一停，幾名護士就熟練地把梅芊芊移上擔架牀，

然後在醫生護士的陪同下，送上了急救室。

小嵐幾個人坐在急救室門口，焦急地等着。

半小時後，急救室的門打開了，主診醫生帶着兩名護士走了出來。小嵐忙起身迎了上去：「醫生，病人怎麼樣？」

主診醫生是院長特別指派過來的，他知道眼前這個女孩是尊貴的公主殿下，他除下口罩，恭敬地說：「公主殿下，我是韋醫生。病人高燒達四十二度，如果再晚一點送來，就會沒命了。我們已對病人作了治療，病人雖然仍在昏迷，但已經沒有生命危險。」

聽到梅芊芊沒有生命危險，小嵐稍為放心了一點，她對韋醫生說：「謝謝，醫生辛苦了。」

「沒什麼，這是我應該做的。」韋醫生接着問道，「請問，這女孩發生什麼事了？她看上去好像有三四天沒有飲食了，身體極度虛弱；高燒也持續一兩天了。」

小嵐簡單回答道：「她最近受了些打擊，自個兒躲了起來。我們還是剛剛找到她，就馬上送到這

裏來了。」

　　韋醫生説：「等她醒過來後，你們要想辦法給她鼓勵，讓她振作起來。她的求生意志很低，潛意識好像在抗拒醫生的救治。」

　　曉晴問：「醫生，我們現在可以看看她嗎？」

　　韋醫生説：「現在還不行。還得在急症室觀察兩個小時，然後才送上特護病房。到了病房，才能探視。」

　　小嵐拿出一張紙，寫了一行數字，交給韋醫生：「這是我的電話號碼，梅芊芊醒來後，請你馬上給我電話。」

第九章
曉晴你哭什麼

回到嫣明苑，小嵐心裏仍在想着圍繞着梅芊芊發生的事，從她當選校花冠軍後遭受到校園欺凌、網絡欺凌，這中間有着一隻黑手在操縱，很明顯這隻黑手就是艾黑紗。

艾黑紗一定以為，以她一個皇位繼承人的尊貴身分相比，梅芊芊簡直就是一隻小小的、一根小指頭就能捏死的螞蟻，所以她才敢這樣恣意妄為。可是，艾黑紗想錯了！有她馬小嵐在，艾黑紗就不可以為所欲為。

小嵐想，一定不可以放過這個人，一定要為梅芊芊討回公道。

她打了個電話給萬卡：「萬卡哥哥，你有空嗎？」

國王沒有周末周日，小嵐假日要找她的萬卡哥

哥也不容易。

萬卡說：「我下午要接見外賓，不如，我們一起吃午飯好不好？」

「好啊！你來嫣明苑吃。」小嵐看了看錶，「現在是十一點半，我現在就讓瑪婭去叫人準備，你十二點半準時到哦！」

「是，公主殿下！」萬卡在電話那頭笑嘻嘻地說。

萬卡哥哥越來越會說笑了。

放下電話，小嵐不由得想起在香港第一次見到他時，他那嚴肅的樣子，不禁「撲嗤」一聲笑了起來。

女管家瑪婭剛好走進來，見到小嵐獨自發笑，便笑問：「公主，您笑什麼？」

「噢，沒有，就是想起了一些好笑的事。」小嵐接着說，「瑪婭，你馬上去安排一下，國王今天在這裏午膳，你讓廚房做幾個國王喜歡的菜式。十二點半開飯。」

「是，公主。」瑪婭聽了，急忙去廚房作安排。

萬卡十二點二十九分來到，小嵐笑着迎了上去，說：「哈哈，國王陛下可真是準時啊！」

　　萬卡寵溺地揉揉小嵐頭頂的秀髮：「當然了，我的公主殿下召見，不敢不準時。」

　　小嵐拉着萬卡的手，說：「萬卡哥哥，今天的菜都是你喜歡吃的。」

　　「是嗎，那我就要多吃一點了。」萬卡看看周圍，「咦，曉晴曉星那兩個搗蛋鬼呢？」

　　小嵐說：「我今天找你說點事，讓他們自己吃。」

　　兩名侍女侍候國王和公主坐下，又分別為他們倒上紅酒和果汁，然後悄悄地站在一旁。小嵐對她們說：「你們下去吧。」

　　兩名侍女朝國王和公主欠了欠身，輕手輕腳走出了餐廳，並輕輕把門帶上。

　　「來，乾杯！」萬卡舉起手裏的紅酒，朝小嵐手裏裝着果汁的杯子碰了碰，兩人喝了一口，然後放下了。

　　「吃菜。」萬卡給小嵐夾了些她愛吃的，然後

自己才吃起來。

萬卡邊吃邊問：「小嵐，你有什麼事找我？」

小嵐說：「吃完再說，因為要說的事情令人不愉快，會壞胃口。」

萬卡停下筷子，臉色一凝，說：「難道有人欺負我的小嵐公主了？告訴我是誰！」

小嵐瞪了萬卡一眼：「沒有啦！誰敢欺負我呀！」

萬卡笑笑，說：「也是。除非他吃了豹子膽。」

小嵐心裏有事，吃得不多，基本上是陪着萬卡。看見萬卡吃得差不多了，才給他倒了杯咖啡，然後歎了一口氣。

萬卡很少看到小嵐這種模樣，便喝了一口咖啡，說：「小嵐，有什麼事，告訴我吧！」

小嵐把梅芊芊的事一五一十告訴了萬卡。

「在我的國家裏，竟然有這種事！」萬卡皺起眉頭，「艾黑紗這人我知道。她參選校花落選後，就開始破壞我國和黑睦國正在洽談的合作項目，令合作差點告吹。後來是黑睦國國王出面，把事情挽

回了。因為這次合作其實對雙方國家都有利的。」

「是呀！全國校花決賽時，還有評委因為怕這個洽談中的合作失敗，提出用艾黑紗當選校花冠軍來作為交換呢！後來我說服了評委，才令評選結果公平公正。」小嵐說。

「小嵐，你做得很對。烏莎努爾不可以用這種方法來換取利益。」萬卡朝小嵐點點頭，眼裏滿是讚賞，他又說，「艾黑紗阻止合作不成，後來還放了狠話，說將來有一天她繼位做了國王，就會給烏莎努爾厲害看。」

「哼，真是蚍蜉撼樹、螳臂擋車！只是可惜了黑睦國這樣一個強國，將來在她的統治下，不知會變成什麼樣子。」

萬卡說：「不外兩種可能。一是從此衰敗下去，強國變弱國；一是對內推行強權殘害百姓，對外推行軍國主義，與全世界為敵。反正沒有好下場。」

小嵐搖頭歎息：「不管怎樣，黑睦國的老百姓肯定沒好日子過了。」

萬卡說：「還是說回艾黑紗欺負梅芊芊的事

吧！你有什麼建議？」

小嵐説：「艾黑紗想當校花冠軍不成，妄圖破壞兩國合作又失敗，一定老羞成怒。無法撼動烏莎努爾，所以她就選擇去欺負弱小的梅芊芊，利用她的權力，利用網絡輿論逼得梅芊芊走投無路。她以為以自己尊貴的外國公主身分，沒人可以奈她何。萬卡哥哥，我們不能讓她得逞，我們要讓她受到應有懲罰。我建議，烏莎努爾實行立法，把網絡欺凌定為刑事罪，我們要為梅芊芊討回公道，為所有被欺凌的人討回公道。」

「小嵐，你放心吧！你的提議很好，我爭取這幾天就把這事搞定。」萬卡點點頭，又説，「近年來，在國際上校園暴力和欺凌事件都時有發生，作為國王，我絕不允許這種情況出現在我們的校園。」

萬卡説完，拿起咖啡一口喝光，然後站起身説：「小嵐，我走了。離外賓到來的時間還有半個多小時，我回去讓萊爾首相馬上召集會議，討論立法打擊校園和網絡欺凌的事，爭取這幾天能頒布下去。」

小嵐把萬卡送到餐廳門口，她臉上蕩漾着感

動，拉住萬卡的手，說：「謝謝萬卡哥哥，我覺得自己好幸福好幸福哦。每當我需要幫助的時候，你都毫不猶豫地支持我，幫助我。」

萬卡寵愛地伸手揉揉小嵐的頭髮，說：「這是我應該做的。因為我家公主是個聰明善良又有正義感的小女俠呀，她腦袋裏想的都是利國利民的好主意，她做的都是鋤強扶弱的事情，所以，能夠完成小嵐公主的心願，也是我的幸福。」

「嗚嗚嗚……」突然聽到有人在放聲大哭，把小嵐和萬卡都嚇了一跳。一看，原來曉晴和曉星不知什麼時候來了，正站在他們身後。嗚嗚大哭的是曉晴。

「曉晴，你幹嗎呀？」小嵐眼睛睜得大大的。

曉晴仍在抽抽泣泣的。小嵐問曉星：「你姊姊哭什麼？」

曉星搖搖頭：「我不知道。剛才還好好的，一下就哭起來了。」

大家都疑惑地看着曉晴，不知她發生什麼事了。

這時曉晴拿出紙巾，擦去臉上的口水鼻涕，委

委屈屈地説：「我哭，是因為萬卡哥哥令我很感動；我哭，是因為上天太不公平，為什麼不給我一個像萬卡哥哥一樣好的男朋友呢！」

　　「啊？！」在場另外三人全部無語。

第十章

芊芊醒了

星期日的天是晴朗的天，但小嵐心裏卻是籠罩着烏雲。

昨晚打電話給醫生，得知梅芊芊仍未醒。希望她今天能醒過來吧！

小嵐等到午飯後仍未見有電話，她實在忍不住，便跑到醫院去看梅芊芊。

梅芊芊已被送到特護病房，小嵐在護士引領下走進病房時，見到梅芊芊一動不動地躺在一片白色的牀上，這襯得她原本就蒼白的臉容越加慘白，本來就瘦削的臉陷進枕頭裏，更顯小得可憐，乍看上去彷彿一個十二三歲的小孩子。

小嵐在牀邊的椅子上坐了下來，默默地看着梅芊芊。想起醫生說梅芊芊的潛意識在抗拒治療，很是憂心。她明知道梅芊芊聽不到，但仍小聲對她

說：「芊芊，你一定要好起來。我會替你討回公道，讓你親眼看到壞人受到應有的懲罰！」

小嵐又再坐了一會兒，見芊芊仍靜靜地躺着，無聲無息，便歎了口氣，把芊芊露出來的手掖進被子，然後離開了。

她沒看見，芊芊被子裏的手指動了一下。

醫院門口，小嵐憂心忡忡地坐進轎車，剛要回宮，突然電話響了，醫生告訴她好消息：梅芊芊醒來了！

「啊，芊芊醒了，太好了！我還在樓下，馬上上來！」小嵐吩咐司機把車駛回車庫，然後急急忙忙跑回醫院。

小嵐走進病房，韋醫生正彎着腰替芊芊檢查身體。韋醫生見到小嵐，就直起身招呼她，兩名護士也轉過身朝她微微鞠躬，小嵐忙作了個手勢，讓他們該幹什麼就幹什麼，自己在靠窗的沙發坐下。

芊芊看見小嵐進來，樣子有點激動，但見到小嵐帶着和煦的笑容朝她點頭示意，便又安靜下來，乖乖地讓醫生檢查。

過了十幾分鐘，韋醫生把聽筒掛回脖子上，朝小嵐抱歉地笑笑，說：「公主殿下，剛才不好意思。」

小嵐笑着說：「沒事。芊芊身體怎樣了？」

韋醫生說：「情況不錯。燒全退了，身上炎症也消了，只是身體還很虛弱，得住院調理幾天。」

小嵐聽了放下心來。她問：「我可以跟病人說話嗎？」

「沒問題。那我們先出去了，公主您慢慢聊。」韋醫生說完，帶着兩名護士出去了。

小嵐在病牀前的椅子坐下，俯身拉着芊芊的手，說：「芊芊，你好，我是馬小嵐。」

「我認得您，您是公主殿下！」芊芊很激動，她眼中流出淚水，說，「公主殿下，這麼多年來，我欠您一聲謝謝，是您資助我學費和生活費，我才可以在宇宙菁英這麼好的學校接受教育。我早就想當面向您道謝，但一直沒有機會。聽醫生說，這次，又是您救了我……」

「芊芊，你好好活着，這就是對我最大的回報。」小嵐拿出紙巾，替芊芊擦去臉上的淚水，「芊

芊，生命是多麼寶貴，你為什麼這樣糟蹋自己？」

芊芊流出的淚水更多，很快把枕頭濕了一大片：「我自小就缺少安全感，膽子又小。我沒有爸爸，媽媽在我還不懂事的時候就去世了，我只能學會自己保護自己。幸好我從小到大碰到很多好人，雲院長、海青阿姨、您，還有其他許多關心我的人，是他們令我這個孤兒有勇氣活下去。」

小嵐忍不住陪着芊芊掉淚。她想，自己也是個

孤兒，連父母是什麼人都不知道，但自己比芊芊幸運多了。養父養母就像親爸媽一樣的愛自己，曉晴曉星像兄弟姊妹一樣陪伴自己，還有萬卡哥哥的寵愛，令自己每天都生活在幸福之中。

芊芊流着淚說：「我參選校花，只是因為想有機會幫助那些像我一樣沒錢上學的孩子。我沒想到，就這樣激怒了那個黑睦國公主，更沒想到她會用這樣的手段對待我。那天我在論壇看到那些無恥的污穢，離開學校後，我腦子一直渾渾噩噩的，耳朵好像聽到很多人在罵我墮落，罵我骯髒，碰到每一個人都好像用鄙視的眼光看我，我只想躲起來，躲到一個沒有人的地方。所以，我就跑到附近那座準備拆卸的大廈，跑上了天台。」

小嵐說：「你當時是不是撥了一個電話。」

芊芊說：「是的。我當時不想見人，但又很想找個人傾訴一下，所以，我就隨便從通訊錄中撥了一個號碼。」

小嵐說：「你知道嗎？你當時撥的，正是我的手機號碼。」

芊芊眼睛睜得大大的：「啊，是您的電話？」

原來，小嵐把自己的電話號碼給了每一個受助人，讓他們碰到困難時致電給她。芊芊把小嵐的電話號碼儲存在電話通訊錄裏，但一直沒打過。也許是天意，她那天彷徨地在通訊錄中按了一下，卻撥了小嵐的電話號碼。

「真沒想到，我當時打的是您的電話。我當時腦子亂糟糟的，渴望自己有一雙翅膀，可以飛離這個讓自己傷心難受的地方。腦子裏好像有一個聲音在跟我說：你飛呀，趕快飛呀！我當時已經站上了天台的圍欄，但這時又聽到您在電話那頭說，你不能飛，你沒學過飛會摔死的。我迷糊中接受了您的勸告，於是我從圍欄上下來了。跳下來的時候，手機掉到地上，摔壞了。」

小嵐聽到這裏，不由得出了一身冷汗，原來當時芊芊的情況是這樣危險。

她說：「芊芊，那你為什麼這麼傻，又一直留在天台，不吃不喝這麼多天，讓自己陷進這麼危險的境地呢？」

芊芊歎了口氣：「我當時實在感到恐懼，只要一想起那三個魔鬼，一想起論壇上那些可怕的污衊，我就渾身打顫，所以就一直躲在天台上，我不想見任何人。那幾天裏，除了感到深深的恐懼，我什麼感覺也沒有，不知道肚子餓，也不感到渴，更不知道自己在生病……」

　　小嵐聽得眼淚直流，在那幾個日日夜夜裏，這可憐的女孩子，該是受着一種什麼樣的折磨啊！

　　想到這，小嵐就更堅定了決心，一定要讓欺負芊芊的人付出代價！她握着芊芊的手說：「芊芊，別怕。對待那些恃強凌弱的人，逃避不是辦法。你應該勇敢地站出來，向校園欺凌、網絡欺凌說不。你記住，你在這世界不是一個人，有我，有曉晴曉星，有很多有正義感的同學支持你，我們一定會幫助你，為你討回公道！」

　　芊芊眼裏閃着淚花：「謝謝您，公主殿下！」

　　小嵐說：「你安心在醫院休養幾天，把身體養得棒棒的，準備參加不久之後的世界校花選舉吧。」

芊芊使勁地「嗯」了一聲。本來小嵐年紀比芊芊小，但這時的芊芊更像是需要她保護的小妹妹。

　　小嵐呆在芊芊病房，一直到晚飯時分才離開。

　　回宮路上，小嵐接到萬卡打來的電話，有關把「網絡欺凌」列入刑事罪的法案通過了，會在下周一向全國公布。萬卡説，已給宇宙菁英學院的院長下了了命令，有關梅芊芊在學校論壇被人惡意攻擊的個案，將被作為首個網絡欺凌案，責成校方馬上報警，立案調查。

第十一章
囂張的艾黑紗

星期一上午，有關「網絡欺凌」被列入刑事罪的法案條例向全國頒布，下午，宇宙菁英學院向警方舉報有關梅芊芊在學校論壇被人惡意攻擊，警方接報後馬上立案調查。

兩天之後，這宗網絡欺凌案已有了眉目，作案者為宇宙菁英學院的留學生，來自黑睦國的黑樹和黑花。

警方把兩人帶回警署協助調查，兩人在事實面前不得不承認在網上攻擊梅芊芊的事。但警方問她們為什麼要這樣做，是不是有人在背後指使，她們卻矢口否認，只說是妒忌梅芊芊當選校花冠軍，因而千方百計抹黑她。

因兩人已滿十八歲，警方將案件交由法院起訴，兩人被院方勒令停學，聽候開庭審理。

兩人被停學那天，小嵐和曉晴曉星放學後一起去接芊芊出院。

　　「芊芊，告訴你一個好消息，在網上造謠傷害你的人已經被警方立案起訴，她們再也不可以在學校裏橫行霸道了。」曉晴一邊替芊芊收拾東西，一邊開心地說。

　　「芊芊姐姐，可惜黑樹和黑花不肯供出幕後主腦，令那個真正幕後黑手艾黑紗逍遙法外！」曉星有點憤憤不平。

　　芊芊說：「黑樹和黑花會坐牢嗎？」

　　曉星問：「她們把你害得那麼慘，坐牢也是罪有應得！」

　　芊芊小聲說：「她們也是奉命行事。年紀輕輕就留下案底，也太可憐了。」

　　曉晴睜大眼睛看着芊芊，大聲說：「芊芊，不是吧，她們把你害得差點沒命，你還同情她們。」

　　「我……」芊芊囁嚅着。

　　小嵐說：「芊芊，對待壞人，一是不能怕，二是不可以心軟。按照烏莎努爾法律，她們利用網絡欺凌同學，是觸犯了法律，應該受到法律懲罰。」

芊芊點點頭：「希望她們接受教訓，改過自新。」

芊芊入院時除了身上穿的就什麼也沒有，一應洗盥用品還是入院後小嵐給她買的。今天來接她出院，小嵐特地買了一套新衣服來給她穿了出院。

芊芊挺不好意思的，說：「這新衣服我不能要，我就穿入院時那套衣服吧！」

曉晴說：「你那套衣服我們帶回去洗了，忘了帶來。你不要，就穿着病人服出院吧。」

芊芊睜大眼睛：「啊！」

小嵐不由分說把芊芊推進了洗手間：「快，進去換了。」

芊芊很快換好衣服出來了，鬆身的休閒服，窄腳牛仔褲，穿在芊芊身上，令她身材更顯苗條，人也顯得精神多了。

芊芊見小嵐幾個人都望着她，不禁靦腆地抿了抿嘴，說：「這衣服真好看，謝謝公主殿下。」

「不用謝！」小嵐笑着說，「你喜歡就好。」

出院手續小嵐一早就派人來辦好了，四個人跟

巡房的醫生和護士説了再見，便離開了醫院。

芊芊在車上説：「謝謝公主照顧周到，等會兒我在濟民邨的路口下車就行了，從路口走到我家也就十來分鐘。」

小嵐説：「芊芊，你跟我們一塊住吧！你身體還沒全好，我請宮中御醫幫你慢慢調理。反正嫣明苑有很多空房間，你來了，我們更熱鬧。」

芊芊搖頭又擺手：「不行不行，我一個普通百姓，怎可以住進皇宮，還跟尊貴的公主住一塊呢！」

曉晴説：「芊芊，我不也是個普通老百姓嗎？我也跟公主住一起啊！」

芊芊猛搖頭：「那不一樣，你們是公主的好朋友。」

小嵐説：「芊芊，你也可以做我的朋友啊！」

芊芊驚訝地睜大眼睛：「我能有這樣的榮幸嗎？」

小嵐摟着芊芊的肩膀，説：「其實，我心裏早就把你當朋友了。你願意交我這個朋友嗎？」

芊芊看着小嵐臉上和煦的笑容，含着眼淚説：「願意，我願意！」

曉星高興地説：「噢，我又多了一個漂亮姐姐了！」

芊芊住進了嫣明苑，小嵐和曉晴曉星的關懷令她感到溫暖，再休養了一個星期，她就完全康復了。

新的一周到來了，星期一那天，芊芊和小嵐等人一起坐車上學。芊芊站在學校門口時，腳步顯得很猶豫。

小嵐拉起芊芊的手，見她不走，便問：「怎麼啦？」

「我……」芊芊有些慌亂。

小嵐知道她心裏仍有陰影，便鼓勵説：「芊芊，勇敢點。同學們都知道那些是謠言，他們都支持你。」

小嵐挽起芊芊的胳膊，帶着她往學校裏面走去。不時有人跟小嵐打招呼，跟芊芊打招呼，還對芊芊説上一句打氣的話，令芊芊十分感動。

芊芊跟小嵐她們不在一個班級，所以她們在校園裏分手了，相約放學時在大門口等，一起坐車回宮。

芊芊怕遲到了，她低着頭急急走回自己課室，在走廊上差點撞到一個人身上。她抬頭一看，嚇得退了幾步：「魔鬼！」

正是一手炮製了校園欺凌、網絡欺凌事件的那個人——艾黑紗！此刻，她正雙手叉腰，眼睛惡狠狠地瞪着芊芊。

在她身後，還是跟着兩個女子，那是艾黑紗在黑樹、黑花被停學起訴後，第一時間從黑睦國調來的兩個新保鏢——黑山和黑石。

芊芊心裏撲通撲通亂跳，但想到小嵐的話，她又鼓起勇氣，說：「艾黑紗，你想幹什麼？」

艾黑紗使勁用鼻子哼了一聲：「我想幹什麼，你心知肚明。你最好放聰明點，趕快退出世界校花選舉，要不，我新帳舊帳一齊算，那時，就不僅僅是潑水和扔假蛇，而是潑油漆和放真蛇了。」

「你，你太過分了！」芊芊氣得快哭出來了，

但她又不想在艾黑紗面前掉眼淚，只好硬忍着。

艾黑紗繼續囂張地說：「哼，還有，到時也不僅僅是一巴掌，而是拳腳交加，打得你滿地找牙！」

很多同學聽到了艾黑紗的話，都圍了上來，他們都很憤怒：

「艾黑紗，不許你欺負人！」

「艾黑紗，烏莎努爾是法治社會，不是你想怎樣就怎樣的。」

艾黑紗囂張地喊道：「對，我就是要欺負人，我就是要為所欲為。你們這班平民百姓聽着，下個月的全校跆拳道比賽，就是我在校園稱霸之時，看我把你們一個個打翻在地，再踏上一隻腳！哼，你們指責我，抓我的人，我就給點厲害你們看看，讓你們全都俯伏在我的腳底下，向我求饒！」

第十二章
小嵐公主要出手

放學回家路上，車子裏的人都明顯感覺到芊芊有點不對頭。

「芊芊，你不開心嗎？」晴晴忍不住問。

「我、我……」芊芊低着頭，雙手慌亂地揉着校服下襬。

坐在副駕駛座的曉星回頭看了看，説：「芊芊姐姐，誰欺負你了，我去教訓他！」

小嵐拉着芊芊的手，看着她的眼睛，説：「芊芊，我們不是朋友嗎？朋友就是用來互相幫助的。有什麼事，可以告訴我們，我們幫你解決。」

芊芊低聲把發生在課室門口的事説了。

「太過分了！」曉星揑着拳頭。

曉晴説：「這艾黑紗竟然還不知收斂！這次欺凌案，沒能把她這個罪魁禍首入罪，已經是便宜她

了，沒想到她還那麼囂張！」

小嵐說：「芊芊，我還是那句話，對待那些恃強凌弱的人，逃避不是最好的做法。勇敢點！」

「嗯。」芊芊點點頭，小聲說。

小嵐明白，要使這個軟弱的女孩變勇敢，不是一朝一夕能做到的事。何況，她跟艾黑紗同一學校，還得生活在那個壞女孩的陰影下。

網絡欺凌案因為艾黑紗兩個保鏢把責任全部攬在身上，讓主謀艾黑紗逍遙法外。看來這人是一條道路走到黑，不給她一點教訓她是不會懂收斂的。

艾黑紗身分敏感，是留學生，更是黑睦國公主，對付她得有個堂而皇之的理由，還要令她無法還擊……

這時曉星說：「艾黑紗說要在跆拳道比賽中稱霸全校，真有那麼厲害嗎？哼，我們小嵐姐姐也是學跆拳道的。小嵐姐姐，你也去參賽，給那壞女孩一點教訓。」

「我查查她是什麼級別。」曉星拿出手機，在屏幕上用手指指點點了幾下，說：「找到了！原來

艾黑紗是跆拳道黑帶一段。」

曉星扭頭問道：「小嵐姐姐，你是哪一級？」

小嵐說：「我是紅黑帶。」

曉晴問：「那黑帶厲害還是紅黑帶厲害？」

「我再查查。」曉星又在手機屏幕上指指點點起來。

小嵐說：「不用查了，我告訴你吧！跆拳道色帶是代表着等級，由低至高，分別是白帶，黃帶，黃綠，綠帶，綠藍，藍帶，藍紅，紅帶，紅黑。完成色帶階段才能考核黑帶。黑帶一段至九段，數值越高，級數越高。」

「小嵐是紅黑帶，艾黑紗是黑帶一段，那豈不是艾黑紗級別比小嵐高！」曉晴臉色有點發白。

曉星說：「據我所知，學院裏學跆拳道的同學中，最高級別也只是紅黑帶，怪不得艾黑紗敢這樣口出狂言。」

芊芊一直沒吭聲，只是聽着小嵐他們說話，這時聽得艾黑紗是跆拳道黑帶一段，比小嵐都厲害，不禁有點慌亂起來。

小嵐看在眼裏，心想，要使艾黑紗不敢再在校園稱王稱霸，就只有在賽場上打倒她。要想驅除芊芊的心魔，就只有把艾黑紗打敗，於是她説：「黑帶一段又怎麼樣，好，我就報名參加比賽，你們準備看我怎樣越級打敗艾黑紗吧！」

　　曉晴喊了起來：「小嵐，你想清楚，跆拳道比賽不比花拳繡腿，打起來好嚇人。艾黑紗這個人心狠手辣，如果你打不過她，會很慘耶！」

　　芊芊用受驚的眼睛看着小嵐，説：「公主殿下，你不可以跟艾黑紗比賽，她太狠了，你會受傷的。」

　　曉星卻把拳頭一揑，説：「小嵐姐姐，我支持你，我相信你一定能打敗艾黑紗。」

　　曉晴白他一眼，説：「臭小孩，別在這裏添亂！」

　　連一向溫柔的芊芊也皺着眉頭不滿地看着曉星。

　　「你們瞪我幹嗎？」曉星縮縮脖子，又説，「我們小嵐姐姐是什麼人？是天下事難不倒的小嵐姐姐！我就是相信她能打敗艾黑紗。」

「放心吧！我不會讓艾黑紗傷害我的。還有半個月時間，我抓緊練習，提高級別不就行了。」小嵐滿不在乎地說。

「好啊！小嵐姐姐就是厲害，我相信小嵐姐姐一定能提高級別！」曉星拍着手說，他是小嵐最忠實的粉絲，他最相信小嵐的無所不能。

曉晴和芊芊都一臉擔心，跟任何人比賽都不要緊，相信沒有人會忍心傷害小嵐公主的。但是艾黑紗就難說了。

晚飯後，小嵐正在書房看小說，瑪婭帶着國王的秘書西文來見她，西文朝小嵐行了個禮，說：「公主殿下，國王陛下要見您。」

「好啊！」小嵐扔下小說，喜滋滋地跟着西文來到嫣明苑門口，那裏有輛車在等她。

她跟萬卡好些天沒見面了。最近有好幾個國家的領導人親自率代表團來烏莎努爾進行國事訪問，作為國王，萬卡要接見，要參加會談，每天日程排得滿滿的，每天只是在工作之餘跟小嵐通通電話，聊幾句。不過小嵐心裏並沒有怨言，萬卡哥哥要忙

國事啊！只是，心裏挺想念的。

車子到了湖邊，萬卡和兩名侍衛已等在那裏，車子一停，國王陛下親自來拉開車門，迎接他寵愛的小公主。

「萬卡哥哥！」小嵐喊了一聲，就撲過去摟住萬卡一隻胳膊，整個人賴在萬卡身上。

萬卡見這小傢伙搞怪，便朝西文打了個眼色，西文低頭一笑，帶着兩名侍衛離開了。

「小丫頭，你這樣我怎麼走路。」萬卡笑着拍拍小嵐的手。

「那你背我！」小嵐撒賴。

「好啊！」萬卡一弓身，把小嵐背了起來。

萬卡看上去身材瘦削，但實際上屬於力量型，小嵐背在他身上彷彿只是背了一隻小貓，一點不費勁。他大踏步走向湖邊，把小嵐放在一張石凳上，然後坐到她身邊。

月光下，萬卡的臉容俊逸儒雅，小嵐扭頭看了他一下，說：「萬卡哥哥，你好帥啊！」

萬卡輕輕拍了拍她的腦袋，說：「你讓曉晴給

帶壞了，淨説些花癡話！」

「嘻嘻，你就是帥嘛！」小嵐把腦袋靠在萬卡肩上。

萬卡寵愛地用手揉了揉小嵐柔滑如絲的頭髮，説：「小傢伙，這幾天過得怎樣？」

小嵐説：「還好，就是讓艾黑紗弄得有一點點生氣。」

萬卡摟住她的肩膀，説：「聽説你打算參加跆拳道比賽，要打敗艾黑紗。」

小嵐看了萬卡一眼，説：「誰告訴你的？哼，肯定是曉晴這個間諜！」

「曉晴也是擔心你。」萬卡説，「小嵐，別參加比賽，好不好？」

小嵐坐直了身子，看着萬卡，説：「為什麼？」

萬卡説：「你跆拳技巧不及艾黑紗，再加上，艾黑紗這個人刁蠻任性，我擔心她傷害你。」

小嵐説：「我不怕。不是還有半個月時間嘛，我抓緊練習，有信心半個月內提升技巧，打敗艾黑紗。」

萬卡説：「小嵐，我知道你聰明，但是你在提升，相信艾黑紗也在提升。何況你性情溫純，跟心狠手辣的艾黑紗對陣，你壓不住她的。」

小嵐説：「不會的。艾黑紗那個人，自高自大，她覺得自己穩操勝券，才不會再苦練提升呢！」

萬卡説：「那萬一呢，萬一艾黑紗會苦練呢？我不想你去冒這個險。乖，聽話。」

小嵐跺着腳：「不，我要參加！我就要參加！」萬卡見到小嵐這樣執着，未免有點生氣。當初小嵐要學跆拳道，萬卡覺得可以強身健體，也就沒有反對。但談到比賽，他就絕對不肯讓步了。跆拳道比賽本來就容易受傷，何況是要面對比自己強大的選手，他怎捨得讓小嵐去冒這個險！

小嵐見萬卡沒吱聲，扭頭一看，見到萬卡皺着眉頭，嘴唇緊抿着，也不看小嵐，只把視線投在銀光閃閃的湖水裏。他在生氣呢！

小嵐從沒見過萬卡生氣，不禁好奇地看多了幾眼，原來萬卡哥哥生氣的樣子也很好看哦！

小嵐第一次這麼認真地看萬卡的側面，她突然發現萬卡的睫毛好長，不禁好奇地伸手想撥弄一下。

　　萬卡往旁邊一躲，板着臉説：「別鬧，沒看見我在生氣嗎！」

　　「沒看見啊！」小嵐把頭靠到萬卡肩上，説，「萬卡哥哥怎麼會生小嵐的氣呢！萬卡哥哥是世界上最好的哥哥哦！他最了解小嵐了，也最能理解小嵐的了。」

　　「哼，算你明白。」

　　「萬卡哥哥最理解小嵐，所以一定會支持小嵐去教訓那個艾黑紗的。因為他知道如果不讓小嵐去，小嵐會坐立不安，會吃不好睡不好，接下來會憂鬱會變瘦會生病，後果很嚴重哦！萬卡哥哥，你説是不是？」

　　萬卡忍不住笑了，他輕輕地拍拍小嵐的腦袋：「油嘴滑舌！」

　　萬卡拉着小嵐的手，低頭把玩着她纖細的手指説：「萬卡哥哥就是怕你受傷害，你也要理解萬卡哥哥。」

小嵐說：「我知道萬卡哥哥關心我，但是艾黑紗欺人太甚，而且至今都沒有悔改之意。網絡欺凌事件很明顯她是主謀，但那兩個保鏢把責任全部背上身，讓她逃過法律的懲罰。既然法律不能奈她何，而她又不知悔改，所以，我只能借助這次跆拳道比賽煞她的威風。她是跆拳道黑帶一段，整間學校沒人及得上她，相信她獲勝後在學院裏更加橫行霸道，為所欲為。萬卡哥哥，對這種校園霸王，我能熟視無睹嗎？」

萬卡歎息一聲：「好吧，替天行道的小女俠，我答應讓你參賽。但是，你答應我，要好好保護自己。還有，要密切注意艾黑紗的訓練動向，如果到了比賽時，覺得跟她還是有很大距離，就退出比賽。明白嗎？」

小嵐朝萬卡敬了個禮：「明白，尊敬的國王陛下！」

「可惜我沒空陪你訓練。」萬卡板着臉說。

小嵐吐了吐舌頭，說：「國王陛下日理萬機，小女子怎敢勞駕國王陛下陪練。」

萬卡想了想說：「我會派洪龍幫你練習，由明天開始，晚上八點半到十點半，每天進行兩小時訓練。」

　　小嵐認識洪龍，他是萬卡國王的貼身保鏢，跆拳道黑帶五段。

　　「不好不好，洪龍負責你的保安工作，不能離開你。你另派一個教練吧。」小嵐雖然很想洪龍幫她練，但又顧忌萬卡的安全。

　　萬卡無奈地說：「以半個月時間提升技術，以紅黑帶去戰勝黑帶一段，普通的教練難幫你達到。只有洪龍這樣的高手，才有可能幫到你。」

　　「嘻嘻，小嵐公主在此謝過國王陛下，願陛下萬歲萬萬歲！」小嵐站起來，朝萬卡深深作了一個揖。

　　「油嘴滑舌！」萬卡伸手輕輕捏了一下小嵐小巧的鼻子，「洪龍可是個很嚴厲的教官呢，到時別哭鼻子！」

第十三章

苦練

「跆拳道」是東方相傳了數個世紀，一種不用武器的古代戰爭武術。「跆」即跳、踢、踏的意思，「拳」即透過手刀及緊握拳，用以自衞或驅逐對方的意思。「道」即方法、辦法、藝術的意思。合起來的意思即為無武器之自衞術，其包括技巧地運用手臂及足部的行、阻閃、跳躍、攔阻等動作，快速準確地擊潰對方。總的來說，「跆拳道」是一種快、準、狠，眼到動作到，靈活多變，講求速度、勁度的武術。

小嵐之前學跆拳道到了紅黑帶這一級，就不再學了。因為她覺得這種運動攻擊性太強，有點殘忍。

這天晚上，小嵐吃完晚飯，又趕快把作業做完，見時間已是八點十分了，便帶上跆拳道服，跑

向離嫣明苑不遠的體育館。這間皇宮裏的體育館，原來是給皇室宗親專設的，萬卡登位後，見到這體育館空置率太高了，十分浪費，於是將使用範圍擴展至整個皇宮，包括工作人員也可以使用。

小嵐走進體育館，找到跆拳道訓練室，這間訓練室地方很大，燈光充足，地面全都鋪上了厚厚的保護墊子。見洪龍還沒有來，小嵐便自己開始做準備運動。

擴胸運動，頭部運動，震臂，弓步壓腿，側壓腿，之後又活動韌帶，接着又做馬步衝拳、高抬腿、左右提膝、立跳等等運動。

做完基本訓練動作後，洪龍來了。

「公主殿下。」洪龍朝小嵐微微鞠了個躬。

「教練好！」小嵐老老實實地朝洪龍深深鞠躬。這是跆拳道學生見了老師必須行的禮。

換作別人早已經嚇壞了，讓公主殿下向自己鞠躬，實在大不敬。但耿直的洪龍卻覺得天經地義，大方地接受了。

洪龍首先陪着小嵐練了一會兒前踢、橫踢、側

踢、勾踢、下劈踢、推踢、後踢、後旋踢、雙飛踢。

洪龍點點頭：「還不錯。」

他又指出了小嵐在一些動作中的不足之處，讓她每個動作反覆練習，邊練邊說：「橫踢練好很重要。橫踢技術動作簡單實用，技術變化多樣，是跆拳道技術中重要的腿法，也是跆拳道比賽中運用率最高的腿法；側踢在跆拳道比賽中，主要用於攻擊對方的軀幹和頭部，也可以用於阻截對手的進攻。它有力量大、速度快、進攻動作直接的特點；後旋踢同後踢一樣，都屬於轉身腿法，動作相對較為複雜。後旋踢也是比賽中常用的技術，應用時，可以直接用於進攻也可以與其他技術配合來進攻，還可以用於反擊，運用得當往往會重創對方……」

洪龍的確是個好老師，他一絲不苟地指導着小嵐每個動作，告訴她怎樣才能讓自己每一個動作發揮最大的攻擊力。

一個小時過去了，小嵐已經累得快站不起來，但她仍堅持着練習。

　　「休息一會吧！」洪龍首先停了手，他把練習用的木塊往地下一扔，自己首先坐在墊子上。

　　「小嵐姐姐，喝水。洪大哥，喝水。」曉晴和曉星不知什麼時候來了，在窗口探頭探腦了一會，見到洪龍叫休息，便拿着兩瓶蒸餾水跑了進來。

　　曉晴見到小嵐滿頭大汗坐在墊子上，忙掏紙巾給她擦汗，邊擦邊埋怨：「都叫你別逞強。這樣練法，多辛苦啊。」

　　「沒事！」小嵐從曉晴手裏拿過紙巾，一隻手擦汗，一隻手拿着水咕嚕嚕地喝。

　　洪龍看了小嵐一眼，見她小臉紅撲撲的，還在喘大氣。心裏很是佩服這小公主的毅力，想到國王陛下「別讓公主太累」的吩咐，便說：「公主殿下，今天第一天練，就到這裏吧！回去好好休息，明天我們再訓練兩小時。」

　　小嵐回到室，覺得渾身酸痛，好像散了架一樣。她癱在牀上，連洗澡也沒力氣了。

　　瑪婭看了看睡眼矇矓的小嵐，上前溫柔地說：「公主，洗了澡再睡吧！洗澡水已經給您準備好

了。你看身上這麼髒。」

「不洗！」小嵐連動動手指頭的力氣也沒有了，還管他身上髒不髒！

「公主，您滿身是汗，不洗不行。」瑪婭見小嵐不理，不由分說喊了兩個侍女進來，把小嵐抬起來，放在浴室的沙發上，然後關上門。

瑪婭在門外站了半天，沒聽見裏面有動靜，推門一看，不由歎了口氣，小公主躺在沙發上呼呼大睡呢！她肯定累極了，不然這麼一個有潔癖的女孩子，怎會一身是汗都不願去洗澡。

瑪婭沒辦法，只好擰了濕毛巾，替小嵐擦身了，見她手臂上青一塊紅一塊的，心疼地嘟噥着：「唉，好好的參加什麼跆拳道比賽呢！弄得一身是傷。」

第二天一天小嵐都是腰酸骨痛的，走路時腳差點抬不起來。但小嵐是不會被困難嚇倒的，也是不會怕辛苦的，第二天晚上，她又準時到了體育館跆拳道訓練室。

洪龍繼續糾正小嵐一些腿法，教她如何增加力

度。他告訴小嵐：「跆拳道運動中力量雖然不是重點，但也能起到一定的作用，如果出腿的速度快力量大的話，在比賽中勝利的把握就更大些，這和技術型、力量型中的力量有一定關係⋯⋯」

曉星這傢伙又來了，像狒狒一樣攀在窗台上，旁邊還有一隻粉嘟嘟的小粉豬笨笨，牠看着小嵐訓練，不住地搖着小尾巴。

隔着玻璃，曉星一會兒朝小嵐翹大拇指，一會兒朝小嵐示意讓她擦擦汗，一會兒見到小嵐跌倒又苦口苦臉呲牙裂嘴的。

洪龍背朝着曉星，開始時沒發現，後來見到小嵐朝他後面撇嘴，扭頭一看，便朝曉星瞪眼睛，走去「嗖」一聲把窗簾拉上了。

曉星什麼也看不見，急得和笨笨一起用爪子抓牆撓窗門，直到休息時洪龍「砰」一聲打開了門，一人一豬才高興地跑了進去。

趁着小嵐跟洪龍坐在軟墊上休息喝水，曉星挺狗腿地坐到洪龍身邊，說：「洪大哥，你的跆拳打得好厲害啊！真是前無古人後無來者，威風八面，

神功蓋世，舉世無雙，傲視羣雄，天下無敵，武林至尊，無以倫比，威鎮寰宇，空前絕後……」

小粉豬笨笨在一旁更狗腿地點頭點頭再點頭，表示認同曉星的話。

「哈哈哈，好小子，謝謝你誇獎！」洪龍哈哈大笑着拍了曉星腦袋一下，接着又露出一副兇相，「但是你白費力氣了，以後在公主訓練時間再來騷擾，我一樣毫不留情！」

曉星往後一倒，作詐死狀。旁邊的小粉豬有樣學樣，也四腳朝天躺在軟墊上。

曉星突然想到了什麼，「嗖」地坐了起來，拉着洪龍的手説：「洪大哥洪大哥，你不如教小嵐姐姐三連踢，聽説這是個必勝法寶，很厲害很厲害的。」

小嵐聽了也説：「是呀洪大哥，我也聽説這個動作很有攻擊力。難學嗎？你教我吧！」

洪龍搖搖頭，説：「這個動作在實戰中其實很不實用。在空中你的重心不穩，在你起跳的時候對方要是用反擊後踢或者後旋踢，那你就很慘了。而

且三連踢的攻擊性其實很弱，你就算運氣好踢到對方了，但也難保裁判給不給你加分。作為酷炫的花式動作表演就挺有看頭，用作實戰就不實際了。」

小嵐和曉星邊聽邊點頭，既然好看不中用，就沒必要學了。

「好啦，曉星出去吧，我和公主繼續訓練。」洪龍說着，毫不客氣地把一人一豬趕了出去。

晚上，小嵐洗完澡，就倒在牀上，很快睡得死死的，連萬卡來看她都不知道。

瑪婭拿着一瓶藥油站在牀前，正準備替小嵐塗抹在訓練時弄到瘀傷的地方，見到萬卡進來，微微鞠躬：「陛下！」

萬卡坐在牀沿，見小嵐睡得正香，便小聲問瑪婭：「幾點鐘睡的？」

瑪婭說：「有半個小時了。這幾天從體育館一回來，公主匆匆洗完澡就倒在牀上，夢裏都在叫累。」

萬卡咕嚕了一句：「洪龍那傢伙，跟他說了多少次了，別讓小嵐太累。」

他拿過瑪婭手裏的藥油，說：「我來吧！」

他慢慢挽起小嵐睡衣的袖子，見到多處青瘀的地方，不禁皺了皺眉頭。他把藥油倒了一點在掌心，然後抹到小嵐手臂上，輕輕揉着。

也許是覺得痛，小嵐縮了縮手，哼了幾聲。萬卡心痛地停了手，見小嵐沒再作聲，又再在青瘀上輕輕揉搓着。

把小嵐兩隻手臂上的瘀傷都揉搓了一遍，已過去半個小時了。萬卡看看手錶，對瑪婭說：「我還有事，先走了。你看看她身上還有沒有瘀傷，都給她抹抹。手輕點，別弄痛她。」

瑪婭接過藥油，小聲說：「是，陛下！」

萬卡站起來，往門口走了幾步，又回過頭：「瑪婭，記得讓廚房每天都做些小嵐愛吃的、又能補充能量的菜式。」

瑪婭點點頭：「知道。陛下請放心。」

半個月很快過去了，比賽前最後一晚，萬卡利用會議休息的時間來到體育館，悄悄站在窗外看小嵐訓練，見她技巧大有長進，騰空的高度更高，出

腿的力量更大，前踢、橫踢、側踢、勾踢、下劈踢、推踢、後踢、後旋踢、雙飛踢，全都腿腿有力、虎虎生風。

　　萬卡點了點頭，轉身和秘書一起離開了。

　　晚上，萬卡打了個電話給小嵐：「艾黑紗是個很強的對手，你要小心。實在打不過，你就盡量避其鋒芒。輸贏不是最重要，最重要的是保護好自己。知道嗎？」

　　小嵐說：「嗯，遵令！」

第十四章
凶險的賽事

　　宇宙菁英學院跆拳道比賽，在能容納幾千人的學院體育館內進行。

　　這天是星期六，館場的看台上，幾乎全部位子都坐滿了，宇宙菁英學院大學部、中學部、小學部，都來了不少人。各參賽者都有擁護者自發組成啦啦隊，他們全都手拿花球或響鈴，作着賽前造勢，不同隊伍有不同的動作，不同的口號，令到場內氣氛異常熱烈。

　　三人一豬——曉晴、曉星、梅芊芊和小粉豬，陪着穿着道服和戴上護具的小嵐，在運動員休息室等待比賽。曉晴從吃早餐起就開始嘟噥：「我有點不祥之兆，你打不過艾黑紗的。小嵐，你別參賽好不好？好不好？好不好？」

　　小嵐聽膩了，白她一眼沒回應。曉星不滿地

說：「姊姊，你別像隻蒼蠅似的老在嗡嗡嗡，嗡嗡嗡。我就相信小嵐姐姐，她一定會打敗艾黑紗的。」

曉星一邊說，他抱在懷裏的小粉豬一邊點頭附和。梅芊芊雖然一直沒作聲，但她總是憂心忡忡地看着小嵐，看樣子比曉晴還要擔心。

廣播喇叭召集運動員到比賽場左側集合，小嵐說：「好了，我去集合了！」

曉晴說：「小嵐，別勉強自己。」

曉星說：「小嵐姐姐，我看好你！」

梅芊芊說：「公主，一切小心！！」

小嵐瀟灑地揮揮手，說：「放心吧！好好地看我怎樣把艾黑紗踢翻在地。」

小嵐正想往集合點走去，不提防兩個小蘿莉跑過來，一人拉着她一隻手，大叫：「公主姐姐！公主姐姐！」

原來是不久前拾到梅芊芊日記本的那兩個小學生。

「噢，我記得你們，你叫紫妍，你叫亭茵，對

不對？」小嵐笑着說。

「很對，很對！」見小嵐記得她們名字，兩個小蘿莉好興奮，小臉紅紅的就像熟透了的大蘋果。

紫妍說：「公主姐姐，我和亭茵把我們班的女同學組成了一支啦啦隊，專門為公主姐姐打氣來了。」

「嗯嗯嗯！」亭茵不住點頭，又指着右側的觀眾席，「公主姐姐，那上面頭戴銀色公主冠的，就是公主啦啦隊的成員。」

小嵐朝觀眾席上看了看，果然看到二十幾個小女生坐在那裏，見到小嵐看她們，都興奮地站起來朝小嵐揮手。

小嵐向她們送了幾個飛吻，那些小女生都開心得尖叫起來。

紫妍揑了揑拳頭，說：「公主姐姐你要加油，替我們打敗那個壞女孩艾黑紗。那艾黑紗可壞了，前幾天帶着兩個人到我們小學部的小賣部買零食不排隊，還使勁去揑兩個一年級小朋友的臉，把他們都弄哭了。公主姐姐，你要給所有被她欺負過的同

學報仇！」

小嵐點了點頭，說：「好的，我一定替你們教訓她，讓她從此不敢欺負人。」

運動員召集完畢。這次比賽分男生組和女生組，參賽者有二十四人，十二男十二女。今天是女生組比賽。

整個賽事分為兩個階段，上午是初賽，運動員分成兩組，各自進行比賽，各組決出前三名。下午是準決賽，初賽勝出的六名運動員再分兩組比賽，決出優勝者各一名，這兩名優勝者再進行最終賽，決出女子組冠軍。

場內設了兩個比賽場地，分別都是長八米、寬八米，無障礙物的正方形場地，地面鋪着有彈性的墊子。

小嵐在初賽中跟艾黑紗不在同一個組內，所以沒有碰上面。

上午的初賽順利結束了，一切如同大家的賽前預測一樣，小嵐以所在組別的前三名勝出，而艾黑紗，則也成為另一組的前三名。

午休時，三個小伙伴擔心地告訴小嵐，艾黑紗在上午的分組比賽中，把對手踢得鼻青臉腫，一點不留情。小嵐可一點不受影響：「你們放心，艾黑紗一定會敗在我手下。」

　　下午，由運動員抽籤分組，小嵐跟艾黑紗還是不在一個組裏。下午的分組賽，兩組同在一個場地比賽，所以小嵐坐在台下，親眼目睹了艾黑紗的狠勁。

　　跟艾黑紗對戰的是一名樣貌清秀的女生玲珊。玲珊右邊臉有點腫，旁邊有人說，她的臉在上午的初賽中，被艾黑紗狠狠踢過一腳。

　　比賽開始前，艾黑紗和玲珊各站一邊，等候裁判口令。艾黑紗冷哼一聲，不屑的眼光在玲珊腫起的臉龐掃來掃去，像在提醒對方是自己的手下敗將。玲珊咬了咬牙，嚴陣以待。

　　隨着裁判一聲「開始」，艾黑紗一聲駭人的叫囂「呀——」，一道影子快速向玲珊移動，一條長腿向玲珊連踢幾腳，玲珊臉色慘白，連連後退，艾黑紗仍步步進擊，舉腳又是一連幾踢，玲珊繼續後退，看上去毫無還手之力。

觀眾們正替玲珊着急之時，艾黑紗似乎用光了力氣，動作慢了下來，雙腳也頻頻後退。玲珊見了，便一步步逼了過去，進入了可以向艾黑紗攻擊的距離。但她沒有想到，這樣也讓自己進入了艾黑紗可以向自己攻擊的範圍。

　　正在玲珊準備起腳進攻艾黑紗時，之前一味後退的艾黑紗突然變成了一隻兇猛的獅子，她「呀──」地大喊一聲，騰空而起，左右腳相繼出擊，「啪啪」兩聲，玲珊已經受傷的右臉被踢中，身子猛烈地搖晃了兩下，連連後退。

　　還沒等她站穩，艾黑紗又「呀──」地再喊一聲，身體又再騰空飛起，一腳踢去，落點仍是玲珊受傷的右臉。玲珊被那道強大的力量踢得臉向一邊一偏，踉蹌後退幾步，終於支持不住，「砰」一聲倒下了。

　　「啊──」觀眾席裏響起一片驚叫。

　　玲珊一動不動，令觀眾好揪心。裁判上前數秒，玲珊動了動，她掙扎着想站起來。

　　「玲珊，加油！玲珊，加油！」場上各支持者

的啦啦隊，都不約而同為玲珊打氣。終於，在最後一秒，玲珊努力支撐着站了起來。她臉色慘白，但瞪着艾黑紗的眼睛卻燃着一團火。

觀眾們為玲珊鼓掌。

艾黑紗不屑地冷笑着，閃電般一腳又一腳，把玲珊逼到賽場的邊緣，「呀——」一聲，然後凌空躍起，以凌厲的一踢，踢向玲珊的下頷……

霎那間，玲珊就像一隻斷線的風箏，飛出賽場，跌在觀眾席前面。

坐第一排的小嵐趕緊向玲珊跑去，只見玲珊一邊臉腫得老高，已看不出她本來清秀的模樣，她雙目緊閉，已昏迷過去。

「玲珊！玲珊！」小嵐喊着。

「公主殿下，請讓一讓。」兩名救護員跑了過來，把玲珊抱上擔架，匆匆向大門口走去。那裏已有救護車在等着。

小嵐站起身，看向賽場，艾黑紗雙手抱在胸前，昂首站立，嘴角帶着冷笑。

裁判宣布，第一組別比賽，艾黑紗勝出。

第十五章

決戰

最終的決賽，毫無懸念，由馬小嵐跟艾黑紗進行決戰，決出第一名。

整個場館沸騰了！觀眾們把這場戰鬥視為正義與邪惡的決戰！

除了艾黑紗從黑睦國找來的、由三十名啦啦隊員組成的「稱霸隊」外，幾乎全場觀眾都跟着公主啦啦隊紫妍的指揮棒，很有節奏地喊着：「公主必勝！正義必勝！公主必勝！正義必勝！」

聲音震天動地。

「稱霸隊」隊員揮動彩球，聲嘶力竭喊了一陣子，終究敵不過全場的聲音，只好惶惑地住了聲。

裁判宣布了這場比賽的賽制，比賽分為三局，每局比賽時間為兩分鐘，局間休息一分鐘。

小嵐和艾黑紗站在賽場上，小嵐臉上露出淡淡

的笑容，向觀眾輕輕揮手；而艾黑紗，則用眼睛狠狠地盯着她的對手，如果眼裏可以飛出子彈的話，小嵐身上早被她戳了幾十個窟窿了。

觀眾都很緊張。從外形看，艾黑紗比小嵐高出一截，從氣勢看，艾黑紗一身陰冷氣息，發出的氣場令坐前排的觀眾都感覺到瀰漫的殺氣。

這時，裁判做了一個準備的手勢，又大喊一聲：「開始！」

兩人拉出架勢，按照自己的習慣顛着腳步，猛地，艾黑紗「呀──」地喊了一聲，先聲奪人。她接連幾次起腳試探進攻，但都被小嵐躲過了。期間小嵐也試探性地向艾黑紗發了幾下前踢、橫踢，但沒能踢中對方，而且看上去顯然沒有艾黑紗的腿風強勁。

一般來說，第一局比賽的一開始都是雙方選手互相試探的階段，彼此摸清對手的感覺，不會輕易進攻，也不可能輕易得手。所以小嵐和艾黑紗出現這情況也不出奇。但人們總體感覺是小嵐比艾黑紗略為遜色，都不禁有點着急。

曉晴急得要死：「我早就說小嵐不是艾黑紗的對手，唉，硬是不聽！」

她又罵曉星：「都是你不好！我不讓小嵐去，你就偏要鼓勵她去。你看，現在眼看打不過艾黑紗了，她要是受傷了，那怎麼辦？」

曉星委屈地撅着嘴：「小嵐姐姐不是個小福星嘛，每次她都能逢凶化吉的。」

曉晴說：「你沒看到那艾黑紗每一腿都是那麼狠嗎？她早就不高興小嵐對芊芊的保護和支持了。」

梅芊芊從比賽一開始就臉色慘白，場上艾黑紗每一下進攻都令她打一次哆嗦，聽到曉晴曉星的對話，她說：「都是我不好，都是我連累小嵐公主的。」

曉晴說：「唉，這不關你的事，都怪那個又狠毒又厲害的艾黑紗。」

曉星也開始有點沉不住氣了：「要是小嵐姐姐像剛才那些運動員那樣，被她踢到頭破血流，那怎麼辦？」

曉晴扭頭瞪他一眼：「閉上你的烏鴉嘴！」

曉晴話音未落，就聽到一聲悶響，原來是艾黑紗右腿狠狠踢向小嵐，小嵐躲閃不及，被踢中肩膀。

「啊！」曉晴、曉星和芊芊，還有全場人都情不自禁地驚叫起來。

幸好小嵐只是踉蹌幾下，沒有跌倒。

裁判喊道：「第一局時間到，一比零。」

休息一分鐘。小嵐跑出賽場，曉晴趕緊給毛巾小嵐擦汗，曉星就遞給她一瓶水。芊芊怯生生地看着小嵐，眼裏滿是擔憂。

「肩膀痛不痛？痛不痛？天哪，已經腫了！」曉晴扯開小嵐的衣領看她的肩膀，心痛地罵道，「該死的狼女，她那隻狼腳怎麼就這樣有勁呢！看把你踢得……」

曉星有點後悔：「小嵐姐姐，早知道我就不支持你參加比賽了。」

芊芊眼淚汪汪地說：「公主，您不要比了，您退出好嗎？我害怕，害怕艾黑紗傷到您。」

小嵐看到三個小伙伴一臉憂色，笑笑説：「我自有分數。放心好了，看我接下來怎麼收拾那狼女。」

　　第二局要開始了，場上觀眾都在喊：「公主，加油！公主，加油！」

　　艾黑紗先勝一局，十分得意，已經全不把小嵐放在眼內。以為第二第三局全勝已不是問題，冠軍已是她囊中之物。

　　「嘿——」隨着一聲大喊，艾黑紗以凌厲的側踢，企圖踢向小嵐身體，小嵐好像預先知道她的動作，在她起腳的同時身子已經靈巧地後旋避開，緊接着一個反身後踢重重踢中她的肩膀！

　　小嵐得分，「嘩——」觀眾們樂瘋了，掌聲如雷。

　　紫妍和亭茵帶領全場人吶喊：「公主公主好厲害，公主公主好厲害……」

　　艾黑紗自參賽而來一直所向披靡，已經不把所有人放在眼內，見小嵐得分，不禁咬牙切齒，一臉懊惱。她活動了手腳幾下，又再尋找進攻機會。

　　小嵐得分，但並不敢有半點得意，因為她知道

自己面前的是一個狠角色。這時候，艾黑紗又出擊了，一記橫踢伴着呼呼的風聲，直向小嵐襲來。小嵐旋身閃過，一個反擊後踢重重踢在艾黑紗的肩膀上，這一腿她用足了力氣，艾黑紗直挺挺被踢倒在墊子上！

場上的觀眾手都拍痛了，紫妍和亭茵帶領啦啦隊打氣，聲音都喊啞了。第二局比賽完全是一邊倒。小嵐沉着鎮定，似乎掌握了艾黑紗的所有招數，看破了艾黑紗的每一個進攻意圖，所以總能在艾黑紗每一次出腿時險險地避過，之後又能馬上起腳給予她狠狠的一擊！

第二局以小嵐大勝結束，三比零。

曉晴和曉星高興得衝上去擁抱小嵐。

「小嵐，好厲害啊！」曉晴「叭」地親了小嵐一下。

「小嵐姐姐，我早就說對你有信心嘛！」曉星眨了眨眼睛，說，「小嵐姐姐，你好厲害啊，你怎麼總是好像提前知道艾黑紗下一步動作似的，總能在她出腿前就作好準備。」

小嵐得意地說：「哈哈，這就是我的法寶。之前我去看過艾黑紗訓練，我發現她每次出腿前都有個小動作，就是眼睛猛地一瞪，所以我每次見到她瞪眼睛，就提前做好防備。」

　　第三局，即決勝局開始了。如果小嵐的發揮跟第二局一樣好，那艾黑紗無疑是輸定了。

　　艾黑紗咬牙切齒，就像一頭被激怒了的猛獸。

　　艾黑紗在裁判剛示意比賽開始的那一瞬，就展開了暴風驟雨般的進攻！她利用自己的爆發力，腿影重重疊疊，進攻一輪強似一輪，但她的進攻不但被小嵐一一化解，而且小嵐還贏得了一分。

　　本來按跆拳道比賽得分規則，踢中對方身軀，得一分，踢中對方頭部，可以得兩分。但小嵐心地善良，不想讓對手受到太大傷害，所以她一路以來跟艾黑紗的對壘中，都只是踢她身軀，沒有因為想得高分而擊打她的頭部。

　　時間在過去，小嵐勝利在望了。

　　艾黑紗知道如果就這樣打下去，自己已經沒可能戰勝小嵐了，她不甘心失敗，咬咬牙，決定不擇

手段去奪取冠軍。

　　這時，小嵐身體右轉，以橫踢攻擊艾黑紗。艾黑紗看準時機，以前手擋住小嵐橫踢進攻，同時後手直拳用力向小嵐擊去，又故意往上打偏，打在小嵐喉嚨的位置，趁小嵐受重擊之際，又快速起後腿下劈直擊小嵐頭部。小嵐重重後倒，跌在地上。

　　「啊——」場上發出驚叫聲。

　　讀者可能奇怪，跆拳道不是只可以用腳嗎，怎麼可能用拳？其實，跆拳道規則規定對抗比賽中是可以用拳的，但只限於一種拳法，所以也有人將跆拳道稱為「八腿一拳」的武道項目，這「一拳」就是指「直拳」。

　　一般用拳擊打對手，如果不能使其產生明顯的身體移位，裁判是不會給分的。直拳的擊打部位只能是護具包裹着的軀體部位，不允許攻擊面部，這規定令這「直拳」的攻擊力相對削弱，所以在比賽場上觀眾大多看到的都是各種凌厲的腿法，很少看到跆拳道拳法的應用。

　　但也有個別道德有問題的選手，在使用直拳時

故意往上打偏，打在對手鎖骨甚至喉嚨的位置，造成對方劇痛從而喪失戰鬥力。

剛才艾黑紗出手太迅速，觀眾看不大清楚她的拳打在小嵐具體什麼部位。本來正式的大賽是有一個主裁判員及四名副裁判員，但因為這次只是學院的比賽，所以只設了一名主裁判和一名副裁判。兩名裁判因站立角度，可能也是看不大清楚，所以主裁判跑到小嵐身邊，見她沒什麼明顯傷口，便開始讀秒。

按比賽規定，如果跌倒的參賽者十秒之後未能爬起，就會給進攻方再加一分，或者判ＫＯ勝。ＫＯ勝即「優勢獲勝」，是指進攻方攻擊猛烈使對手無法還擊，或擊到對手喪失戰鬥能力倒地，裁判讀十秒後仍然不起，就中止比賽，判攻方勝。

「一、二、三、四……」

小嵐努力掙扎想爬起來，但又無力地倒下。

「公主，加油，加油——」觀眾拼命喊着。

「五、六、七、八、九……」

在裁判最後一下讀數中，人們驚喜地看到，小

嵐站起來了。

小嵐的身體微微有些搖晃，艾黑紗那一拳，擊在她的喉嚨處，令她受了重創，她只覺得頭昏眼花，身體發涼，渾身一點力氣都沒有。雖然勉強站了起來，但她覺得自己已經沒力氣再向艾黑紗進攻了。

她愧疚地向觀眾席看去，扯扯嘴角，給那些支持她的人一個歉意的笑容。

突然，在梯形的觀眾席最上面，她看到幾個人走了進來，其中一個身材頎長，那人一雙關切的眼睛正向她望過來。啊，是萬卡哥哥！

萬卡哥哥今天要在一個全國會議上講話，一定是他剛忙完就馬上趕來了。萬卡這時也看到小嵐了，他臉上的笑容如春風一樣和煦，他舉起手，朝小嵐做了一個勝利的手勢。

小嵐只覺得有一股力量在慢慢向全身蔓延，她回了萬卡一個微笑，然後一步步走到艾黑紗面前。

艾黑紗驚訝地看着小嵐。剛才那個極之缺德的招數，她曾用過數次，每當遇到無法戰勝的對手

時，她就用這一招，對手往往受到攻擊後連站也站不起來，只好退出比賽。

她驚訝小嵐竟然能站起來，不過她一點也不擔心，因為她覺得面前這個臉色蒼白、搖搖欲墜的對手已經鐵定是她的手下敗將了。

「開始——」裁判喊了一聲。

艾黑紗還沒來得及出招，小嵐就用盡全身力氣，以排山倒海的氣勢騰空而起，帶着凌厲的風聲，左腳踢出，右腳跟隨，以一個漂亮的雙飛踢「啪啪」兩聲，踢中艾黑紗的肩部。艾黑紗跟蹌後退，砰然倒地。

艾黑紗像一攤爛泥一樣狼狽地躺在地上，驚惶的目光定定地看着小嵐，那個身材比她嬌小比她瘦弱的女孩，在她面前是那樣高大，感覺就如一座大山，壓得她喘不過來。她掙扎了幾下想爬起身，但看着小嵐那雙清澈的眼睛，那堅定的臉容，她就知道自己輸定了。她身子一軟又倒下了，再也起不來。

裁判數完十秒，見艾黑紗仍未能起身，便宣

布，第三局，三比二。小嵐勝利了，成為了這次跆拳大賽女子組的總冠軍。

「嘩——」掌聲如雷。

艾黑紗在掌聲中，灰溜溜地被人扶走了。

小嵐靜靜地站立着，看着她的朋友們興奮的笑臉，看着芊芊開心的淚水，看着親愛的萬卡哥哥從階梯上一步步走下來，她蒼白的臉上露出了欣慰的微笑。

突然，她身子往後一仰，整個人軟軟地倒了下去。

歡呼聲嘎然而止，所有人都驚愕地看着倒在賽場上的那個小小的身影，全場一片死寂。

一個挺拔修長的身影衝了過去，萬卡國王失去了一貫的冷靜，他跪在小嵐面前，大喊：「小嵐！小嵐！」

小嵐雙目緊閉，面無血色，萬卡只覺得一陣錐心之痛，他趕緊抱起小嵐，瘋了似地跑向大門口，邊跑邊喊：「快備車——」

到了門口，萬卡的車子已經停在那裏，萬卡抱

着小嵐上了車，車子即時開動，風馳電掣朝醫院駛去。

萬卡把小嵐抱得緊緊的，眼裏的恐慌、焦慮令旁邊的秘書西文不忍看。在西文的心目中，年青的國王向來泰山壓頂不彎腰，天塌下來也從容面對，從來沒見過他如此驚慌失態。

車子很快到了皇家醫院，萬卡毫不理會醫護人員推來的擔架牀，就這樣抱着小嵐跑進醫院，邊跑邊喊：「快！快！公主受傷了，叫上院長，叫上所有內外科專家，馬上到急症室！」

皇室醫院裏，頓時響起一片紛沓的腳步聲。

第十六章
不能說話的公主

清晨，皇家醫院病房。

小嵐在病牀上熟睡着，病房裏放置的各種監測儀器，在有規律地「啪、啪」響着。

幾名醫護人員圍着一個頭髮花白的老醫生，老醫生手裏拿着一份病案，幾個人在小聲討論着什麼。這時有人輕輕推門進來，病房裏的人扭頭一看，見是萬卡國王，大家急忙朝國王鞠躬致禮。

萬卡點了點頭，他朝小嵐看了看，把老醫生拉到一邊，小聲問：「齊老，公主現在情況怎樣？」

「昨天情況實在兇險。公主殿下喉嚨受了重擊，喉嚨水腫狹窄造成呼吸困難，一度出現窒息，幸好昨天送院迅速，不然會有生命危險。」齊老看了熟睡的小嵐一眼，又說，「聽說公主重傷後仍能擊敗對手，真令人敬佩，她這樣單薄瘦小的身體，

怎會蘊藏着這樣大的能量呢！」

「這小傢伙，真令人操心。要是她醒來發現自己不能説話，真不知有多難受呢！」萬卡歎了口氣，又問，「齊老，您是喉科方面的權威，您估計小嵐的嗓子什麼時候才能恢復？」

齊老看了萬卡一眼，欲言又止。

萬卡察覺了，心裏打了個愣，問：「齊老，是不是小嵐的病情有什麼問題？」

齊老猶豫了一下，説：「陛下，公主這種病例，我碰過許多。有完全恢復如初的，也有永遠不能發聲的。公主是我碰到的病例裏較為嚴重的一個，所以……」

萬卡如雷轟頂，臉如死灰，他難以想像，假如真的無法恢復，對於活潑開朗的小嵐來説，會是一個多麼大的打擊。

齊老看到國王陛下如此失態，心中很是不忍，忙説：「陛下，公主治癒的可能還是很大的。請您放心，我會召集全國的喉科專家前來會診，無論如何都要治好公主的嗓子。」

萬卡努力克制心中不安，説：「那就一切拜託了。」

齊老説：「陛下客氣了。這是我們應該做的。」

萬卡輕輕坐到小嵐身邊。老醫生帶着幾名醫生護士，輕手輕腳地離開了病房。

萬卡靜靜地看着小嵐，在一堆白色的牀單被子裏，她的身軀看上去顯得小小的，就像一個熟睡的嬰孩。儘管她平日都以堅強自信的樣子出現在人們面前，但她骨子裏仍只是一個小女孩，一個需要呵護需要愛的小小少女。

昨晚，一向温和的萬卡國王大發雷霆，召來黑睦國駐烏莎努爾大使，強烈譴責黑睦國公主艾黑紗在跆拳道比賽中的可恥行為，表示烏莎努爾不歡迎這樣的留學生。

艾黑紗已是成年人，她應該為自己的行為付出代價。但是，無論她受到怎樣的懲罰，都抵不過小嵐受到的傷害。萬卡只要想到小嵐受傷害的樣子，就難抑心中怒火。

這時，小嵐眼睫毛抖了抖，慢慢睜開了眼睛。

「小嵐，你醒了！」萬卡臉上露出了欣喜的笑容，看向小嵐的眼睛，蕩漾着濃濃的暖意。

見到萬卡，小嵐開心地笑了。她想張嘴説話，但卻發不出一點聲音來。她急了，使勁咳了幾下，嘴巴張了張，但還是發不出聲音。她惶惑地看着萬卡。

萬卡心痛地看着她，説：「小嵐，你聲帶受了傷，暫時不能説話。不過你別擔心，專家説，這只是暫時現象，很快會恢復的。」

小嵐點點頭，似乎放下了心，臉上又綻開了笑容。

萬卡心裏一酸，他怕小嵐看到他臉色不對，忙起身走到牀尾，搖動手掣，把病牀搖起，讓小嵐斜斜地靠着。

小嵐看着萬卡，臉上露出安心的笑容。萬卡哥哥説沒事，就一定沒事。

萬卡拉着小嵐一隻手，説：「答應我，以後不要再做這樣危險的事了。再這樣任性，我就……」

小嵐瞪大眼睛，骨碌碌轉了一圈，好像在問：「就怎麼樣？」

「就……」萬卡舉起手,作打人狀。

小嵐眼睛忽閃忽閃的,露出一副害怕的樣子,萬卡忍俊不禁,伸手輕輕刮了刮小嵐的鼻尖。

小嵐笑了,笑得一臉狡猾。

萬卡說:「曉晴和曉星本來吵着要來看你,我沒批准,他們今天上午有三節課要上呢!曉星那小傢伙嘴巴撅得可以掛個瓶子。」

小嵐又笑。

隱約聽到外面有女孩子在喊:「公主姐姐,公主姐姐!」

咦,是誰呢?

萬卡說:「我去看看。」

萬卡起身走出病房。回來時,後面多了三條小尾巴,原來是紫妍和亭茵,還有一個沒見過面的、跟她倆年齡差不多的小女孩。這幾個孩子想來看小嵐,被警衛攔在電梯口不許進,急得她們大喊大叫。

「公主姐姐!」一見到小嵐,紫妍和亭茵就撲了上去,「嗚嗚嗚」地哭得一塌糊塗。那個沒見過面的小女孩就站在她們身後,眼睛紅紅的。

「嗚嗚嗚,艾黑紗好黑心,把您打成這樣⋯⋯」

「嗚嗚嗚,公主姐姐,您身上痛不痛,痛不痛?」

小嵐不能出聲,只好拍拍這個,拍拍那個,用眼神去安慰着。

萬卡說:「小朋友,別哭了,公主姐姐現在不能說話,你們再哭,她會着急的。」

「嗚嗚嗚⋯⋯」紫妍和亭茵一聽,哭得更厲害了。她們身後的小女孩也忍不住掉下了眼淚。天哪,公主姐姐會不會以後都不能說話了?

小嵐無奈地看看萬卡,萬卡忙說:「小妹妹你們別着急,公主姐姐只是暫時不能說話,但會慢慢好起來的。」

三個小女孩聽了,才慢慢止住了哭聲。

這時候她們才記起了自己來這裏的任務。紫妍從背囊裏拿出一張慰問卡,上面密密麻麻有很多簽名,還寫着祝福問候的話。

「公主姐姐,這是我們同學寫給你的,我們都希望您早點恢復健康。」紫妍說完又把那面生的小

女孩拉到小嵐面前，説：「公主姐姐，這是雯希，這慰問卡就是她設計的。」

小嵐用嘴形無聲地説：「謝謝，謝謝！」

她又接過慰問卡，打開一看，哇，設計得好漂亮啊！天藍色的底色，用小紅心連成邊框，四隻角上還分別畫了四隻不同的小動物，神情可愛，栩栩如生。小嵐朝雯希豎了豎大拇指，雯希開心極了。

亭茵又指着慰問卡上面一小段一小段用不同筆跡寫的話，説：「公主姐姐，這些都是我們小學部的同學寫給您的，大家都希望您早日康復。這王子軒是我們班長，這趙明薇是我們的數學科代表⋯⋯」

紫妍也插進來：「公主姐姐您看，這許小強是我們班的調皮鬼，您看他的字也寫得張牙舞爪的，跟他的人一樣⋯⋯」

小嵐正和三個小女孩邊看慰問卡邊笑得前仰後合，萬卡坐在一旁微笑着看着她們，心想，這小嵐平日一副大人樣，但骨子裏還是跟這些小蘿莉一樣，是個沒長大的小孩。

過了一會兒，萬卡說：「好啦，公主姐姐要休息了，小妹妹也該回家了。」

三個小女孩依依不捨地跟小嵐說再見。

小女孩剛走，就有人輕輕敲門。

「進來！」萬卡喊道。

進來的是國王秘書西文：「陛下，接見加國外長的時間快到了。」

萬卡抬手看了看手錶：「好。」

他回身看着小嵐，眼裏滿是歉意：「小嵐，我⋯⋯」

小嵐朝萬卡眨了眨眼，笑着點點頭，表示理解。

「我中午再來看你。好好休息，呵⋯⋯」萬卡伸手替小嵐撥開額前一縷亂髮，眼裏滿是寵溺和疼愛。

小嵐無聲地笑着，抬手朝萬卡揮了揮。

萬卡朝秘書說：「走吧！」

萬卡走後，幾名護士便進來送小嵐去做治療，做完後已經十點多了。護士把小嵐送回病房，便問小嵐想不想看電視或看雜誌。小嵐笑着指了指電視機，護士會意，便替她打開電視開關，又把遙控器

交到小嵐手中。

電視上正在播放一部古裝電視劇，小嵐不感興趣，便轉了另一個台。這個台正播放新聞，她看見黑睦國國王艾思文正發表電視講話。小嵐留心聽了一下，原來艾思文國王正為自己女兒蓄意打傷烏莎努爾公主的行為道歉呢！他還向公主殿下表示最誠摯的慰問。接着，又表示已於昨夜命令艾黑紗連夜啟程回國，等候處罰。

小嵐邊聽邊打量着這位國王，見他生得慈眉善目的，真不知為什麼會生出艾黑紗這樣一個跋扈、兇狠的女兒。

身為一國之君，竟會為女兒的過失作公開道歉，可見這位國王的誠意及善良。小嵐看着艾思文國王兩鬢斑白的頭髮，心軟了。不能因艾黑紗的過錯，去懲罰這位父親。

等會萬卡來的時候，就讓他手下留情，不要對黑睦國採取什麼制裁行動了。

「篤篤篤……」小嵐一看，病房的門打開了，曉晴和曉星站在門口。兩個人都背着個大背囊，顯

然是剛從學校放學，便直接上這裏來了。

「小嵐……」曉晴喊了一聲，眼淚已嘩嘩地流了下來。

「小嵐姐姐……」曉星使勁眨着眼睛，忍着不讓自己流淚。

萬卡已經打電話把小嵐的病況告訴了他們，讓他們隱瞞小嵐有可能再也不能講話的事。他們只好在心裏憋悶，但心裏的難過卻無法抑制。

小嵐不知道真相，只是以為兩個好朋友因為她的受傷住院而難過。她心裏挺感動的，但又不能説話，只能輕輕地拍着曉晴，又向曉星示意，讓他勸勸曉晴。誰知道曉星心裏早就難受死了，只是因為自己是男孩子不敢流淚。現在見到曉晴哭得天昏地暗，再也忍不住，嘴巴一扁，也嗚嗚地哭了起來。

正當小嵐手足無措的時候，萬卡來了，見到曉晴曉星哭成一團，慌忙讓護士進去，謊稱小嵐要做檢查，把那兩傢伙拉出病房。

第十七章
芊芊的恐懼

　　兩個星期過去了，小嵐的聲帶還沒有恢復的跡象，小嵐有點急了。讓一個口齒伶俐活潑可愛的小姑娘，一連十多天不能說話，這放在誰身上都夠難受的。

　　更難受的是知道內情的人，因為醫生說，像小嵐這種情況，也有可能一輩子都無法恢復。

　　曉晴這兩天都不敢去醫院了。因為她一想起小嵐可能會變成啞巴，便難過得哭起來，眼睛一直又紅又腫，被萬卡勒令不許出現在小嵐面前。曉星一人去探病時，只好編個理由，說姊姊得了重感冒不能來。

　　最難過的當然是萬卡了，他無法想像，小嵐永遠不能說話，對她，對所有愛她的人，是一個多麼大的打擊。每當看到小嵐張嘴卻不能發音，只能發

出可憐的「啊啊」聲，他心裏就在滴血。

這天晚上，萬卡忙完一天的工作，又來到了醫院。這時已經是深夜一兩點了，整座醫院靜悄悄的，除了值班醫護人員，所有人都進入了夢鄉。

從電梯口到小嵐病房，數十米的走廊放滿了各種花籃，那是各界人士及一些學校師生送來慰問小嵐的，令醫院變得好像一個大花園；推開小嵐病房大門，萬卡看到堆了一地的禮物盒，大多數還沒有拆開，桌上還放了大大小小很多毛絨公仔，那也是人們送給小嵐的禮物。

小嵐正在熟睡中，一旁仔細察看儀器的小護士聽到動靜轉過身來，見到萬卡，正想向他問好，萬卡急忙作了個噤聲的手勢，恐怕驚醒了小嵐。

小護士會意，便微微鞠了個躬，然後走出了病房，又轉身把門帶上。

萬卡在牀前的椅子坐下。小嵐正在熟睡，小嘴微微張開，濃密的眼睫毛在她的臉上投下了一道黑影，給人一種説不出的靜美。

萬卡看着那張明顯消瘦了的小臉，有説不出的

心痛。天哪，你就那樣狠心，讓這美麗善良的女孩從此沒了聲音嗎？

超負荷的繁忙事務，加上擔心小嵐的病情，令萬卡有點心力交瘁，他一頭扎在小嵐的牀上，迷迷糊糊地睡着了。

拂曉，小嵐醒來了，一睜眼，便看見伏在牀邊的萬卡。她心裏不禁一顫，萬卡哥哥，你就這樣在我牀前守了一夜嗎？

一國之君，事情千頭萬緒，等他一睜眼，還不知道有多少事情等着他處理呢！

小嵐不敢動，讓萬卡哥哥再睡一會吧！

小嵐靜靜地看着萬卡那張年青英俊的臉，她發現，萬卡哥哥瘦了，她還發現，萬卡哥哥睡着的時候，眉頭也緊皺着。

小嵐鼻子一酸。她知道萬卡哥哥這段時間裏，為她操了太多的心了。

「萬卡哥哥，你要保重自己！」小嵐心裏想着，嘴裏不知怎的就説出來了。

萬卡驚醒了，他抬起頭，狐疑地看着小嵐。怎

麼剛才半醒不醒時好像聽到小嵐喊他名字，還讓他保重。看到小嵐沒事人一樣，又懷疑自己是做了個夢。

他呆呆地着小嵐，說：「小嵐，你醒了。你知不知道，我剛才做了個夢，夢到你能說話了。」

小嵐臉上綻開了笑容，說：「是嗎？要是真的就好了。」

她好像還沒意識到什麼，萬卡早已激動地一把抓住她的手：「小嵐，小嵐，你這個傻孩子，你真的能說話了！真的能說話了！」

小嵐愣了愣，接着便如夢初醒，大喊起來：「哇，太棒了！」

幾天後，小嵐由國王秘書西文接出院，送回皇宮。萬卡這天上午有個外事活動，沒法抽身，曉晴曉星又說學院有活動，只好委託秘書接小嵐出院。

這天是星期天，小嵐從車上下來，見到嫣明苑門口靜悄悄的，心想，自己住院，瑪婭和那班小侍女就造反啦？都快十點了，還睡懶覺？

正在這時，聽到有人吹了一聲口哨，「噓——」

小路兩旁的灌木叢後猛地站起許多人，曉晴、曉星、利安、妮娃，還有瑪婭和一眾侍女。曉星喊了聲「一、二、三！」大家便一起喊：「恭喜公主康復，歡迎公主回家！」

首相萊爾的小女兒妮娃跑到小嵐面前，把手裏一束鮮花送給小嵐，説：「小嵐姐姐，歡迎回來！」

「謝謝妮娃！」小嵐接過鮮花，又笑着朝大家説，「謝謝大家！」

這時候，「嗖」的一下從曉星背後跑出一個胖嘟嘟粉紅色的小傢伙，牠用兩隻後腿撐着身子，兩隻前蹄捧着一個番薯，要送給小嵐。

「啊，笨笨，你是要把番薯送給我嗎？」小嵐彎下腰，笑嘻嘻地看着小粉豬笨笨。

笨笨點點頭。

小嵐接過番薯，説：「笨笨真乖！」

「當然啦，是我教育出來的嘛！這番薯是笨笨最愛吃的，牠可是把自己最喜歡的食物留給小嵐姐姐的喲！」曉星挺得意的。

曉晴瞄了一下那個番薯，揶揄地説：「哼，果

然是貪吃鬼教出來的！送人家禮物，還自己先啃了幾口。」

大家一看，曉晴說得沒錯，番薯缺了一小塊，上面還留有幾個牙齒印。大家哄地笑開了。

曉星咬牙切齒地看着笨笨，笨笨不好意思地把腦袋埋在胸前。

小嵐說：「好啦，笨笨只是啃了幾小口，而不是幾大口，也算是一個進步了。」

笨笨聽了，一個勁地點頭。牠發亮的小眼睛深情地看着小嵐，分明在說：「還是小嵐公主懂我。」

小嵐在人和小豬的簇擁下走進了嫣明苑，利安和妮娃呆了一會兒就依依不捨地走了。他們家裏來了客人，首相夫人都催了好幾回了，再不回去就得挨「糖炒栗子」了。

小嵐突然想起少了一個人，忙問：「咦，怎麼不見芊芊？」

曉晴說：「芊芊今天要回學校上形體課。世界校花選舉的日子快到了，我們校長志在必得，希望芊芊捧個冠軍獎盃回來。聽說這次比賽每個參賽者

要展示兩種技能，而芊芊只有唱歌一樣特長，所以校長特地找了個舞蹈學校的老師來教芊芊跳舞。放學後，星期天，能擠出的時間都佔用了。幸虧芊芊本身有一點舞蹈底子，所以進展還算快。」

小嵐點點頭：「芊芊最近情緒怎麼樣？艾黑紗已經回國了，芊芊也應該從她的陰影中走出來了吧？」

曉晴說：「你打敗艾黑紗，的確給了她很大的鼓舞，她總算從恐懼中掙扎出來了，人也開朗了許多。但是，最近幾天，她又好像有點情緒低落，對越來越近的總決賽產生恐懼。」

小嵐不明白，問：「為什麼？我看她在學校那場比賽中也挺鎮定的，一點不怯場。」

曉星說：「我知道為什麼，她是對舉辦總決賽的地方有恐懼感。」

小嵐挺奇怪的：「總決賽在桃源國舉行。桃源國山青水秀、人傑地靈，有什麼好怕的呢？」

曉晴說：「小嵐，你不知道嗎？因為桃源國上星期發生地震，為安全起見，所以總決賽改在黑睦國舉行了。」

　　曉星説：「艾黑紗臨走時撂下一句話，説梅芊芊只要膽敢踏進黑睦國一步，就有她好看的，弄得芊芊姐姐老是忐忑不安。也難怪她擔心，艾黑紗之前在烏莎努爾都這樣猖獗了，如果到了她的國家，真不知會做出什麼更加瘋狂的事呢！」

　　小嵐皺了皺眉頭，艾黑紗是個睚眥必報的狠人，芊芊去黑睦國參賽，她還真的會利用自己的公主身分，來傷害芊芊呢！

　　小嵐問：「總決賽是在哪幾天？」

　　曉晴説：「下個月二至四號。」

　　小嵐拿出手機看了看日曆，説：「曉晴，你打電話給世界校花總決賽委員會，告訴他們，我會繼續擔任評判。」

　　先前因為小嵐受傷，萬卡已吩咐人致電有關部門，給小嵐辭了評判的工作。

　　曉晴和曉星聽了都一臉喜悦，有小嵐護航，這回芊芊該放心了。

第十八章

隱藏的風波

「皇家一號」載着四名乘客，朝黑睦國飛去，他們是去參加明天的世界校花選舉總決賽。這四名乘客，就是總決賽的評委之一——小嵐，以及她的兩名「隨員」曉晴和曉星，還有參賽者芊芊。

寬敞的客艙裏笑聲陣陣，連之前一直心情忐忑不安的芊芊，也放下包袱，和其他幾個人言笑晏晏。有小嵐在，她覺得身上有了勇氣。

飛機在黑睦國機場慢慢降落，小嵐等人緩緩走下舷梯。

歡迎人員之多，之隆重，令他們都有點發愣。本來，以小嵐一國公主加上評委的身分，派幾名對等的皇室人員，和一些跟總決賽有關聯的機構負責人來迎接便行。但小嵐分明看見，站在歡迎隊伍前面的，卻是笑容滿臉的黑睦國國王艾思文。

　　小嵐雖然驚訝卻依然氣定神閒，想想心裏也有點明白，這是因為艾黑紗出損招致她受傷，令艾思文國王心裏抱歉，現在趁這機會，放低姿態，以取得小嵐及萬卡國王原諒。

　　小嵐並非是個得理不讓人的女孩，她其實也明白錯在艾黑紗。加上賓羅大臣跟她講過艾思文國王的為人，知他是個重情義的好人，所以從沒有怪他。於是小嵐快步走下舷梯，跟迎上來的艾思文國王握手擁抱。

　　艾思文國王臉上露出慈祥的笑容，他跟小嵐寒暄一番，便扭頭對後面說：「還不來向小嵐公主道歉！」

　　小嵐四人聽了國王的話，有點不明所以，便都向國王身後看去。從國王身後，慢慢地走出一個人，她撅着嘴，一臉的不願意。

　　芊芊見了，本來紅潤的小臉霎時變得蒼白。她本能地藏到了曉晴曉星身後。

　　那人，便是艾黑紗。

　　艾黑紗低着頭不哼聲，小嵐四人都用不同的眼

神瞅着她，場面一時尷尬起來。

艾思文國王見艾黑紗不出聲，有點生氣地説：「萬卡國王沒把你關進牢房已經很寬宏大量了，你道歉的話也該説一聲。要是辦不到的話，我就繼續把你關進冷宮，讓你自我反省自我懺悔一輩子，休想再有自由！」

艾黑紗自從回國後一直被關起來，這次她答應父親會好好向小嵐道歉，艾思文國王才把她放了出來，讓她隨着自己去機場迎接小嵐，並好好地跟人家道歉，現在見到她默不作聲，不由得十分生氣。

艾黑紗知道父親言出必行，慌忙小聲地向小嵐説：「對不起！」

艾思文國王見女兒一點誠意也沒有，便喝道：「大聲點！」

小嵐見艾思文國王氣得鬍子一翹一翹的，心裏有點可憐這位父親，便説：「好啦好啦，道歉我收到了，國王叔叔您別生氣。不過，艾小姐，你以後得好好約束自己的行為，要不，你會自食其果的。」

　　艾思文國王見小嵐這樣大方得體，心裏不禁暗自嗟歎：同樣是公主，人家小嵐公主比艾黑紗還小幾歲呢，但比較之下，兩人的氣度和品格卻相差這樣遠。

　　艾黑紗將來還要繼承皇位、統治黑睦國呢！但以她這樣的修養行為，如何令國民臣服？如何能把國家管理得好？唉，可惜自己只有一個女兒，自己別無選擇。

　　想到這裏，艾思文國王不禁心中黯然。

　　不過，小嵐能原諒艾黑紗，艾思文國王也就放下了一件心事，他親自引着小嵐等人來到下榻的酒店，安排妥貼才離開。

　　芊芊為人靦腆，加上心頭揮之不去的艾黑紗留下的陰影，所以一路都低着頭，盡量躲着艾黑紗和艾思文國王，直到他們兩父女離開之後，芊芊的臉色才好了些。

　　小嵐讓芊芊坐在自己身旁，摟着她的肩膀説：「芊芊，別害怕。艾黑紗雖然是公主，但她不是還有國王在管着嗎？你看，她剛才雖然很不願意向我

道歉，但最後還不是被她父親逼着低了頭。艾思文國王是個好人，他不會讓自己女兒繼續為非作歹的。況且，這裏有我，還有曉晴曉星，我們會保護你的。」

曉晴曉星在一旁都不住地點頭，曉星還説：「是呀是呀，芊芊姐姐別怕。要是艾黑紗膽敢欺負你，我就像小嵐姐姐一樣，來個跆拳道雙飛踢，把她一腳踢到太平洋去。」

芊芊感激地點點頭，説：「謝謝你們，謝謝你們給了我勇氣。我不怕，我自己也要學着堅強起來，不向惡勢力低頭。」

小嵐高興地説：「這就對了。好好準備，明天好好比賽，拿個獎盃回去。」

「嗯！」芊芊使勁地點點頭。

曉星興致勃勃地説：「我們今天晚飯吃頓『勁』的，預祝芊芊姐姐參賽拿到好成績，好不好？」

小嵐看看芊芊，説：「芊芊，怎樣？」

芊芊笑着點點頭。

曉星手舞足蹈地説：「就在酒店二樓的『海世

界』吃海鮮大餐，怎麼樣？」

曉晴狐疑地看着曉星，說：「我說貪吃鬼，你跟我一樣是第一次來黑睦國，第一次住這間酒店吧，怎麼連這裏有什麼餐廳有什麼吃的都知道得這麼清楚。」

「嘻嘻。」曉星得意地說，「我來之前已經上網查得清清楚楚，這裏有什麼好吃的地方。還有，我連吃完晚飯去哪裏都計劃好了。去歡歡咖啡店喝貓屎咖啡，那裏是黑睦國唯一一間有正宗貓屎咖啡的地方呢！」

芊芊嚇了一跳：「什麼！貓屎？貓屎咖啡？」

曉星得意地說：「這貓屎咖啡可是好東西呢！貓屎咖啡也叫努瓦克，產自印尼。據說因為產量稀少，所以是當今世界上最為昂貴的咖啡。聽說製作過程非常獨特，因為這種咖啡要被亞洲麝貓吃下並以糞便的形式排泄出來，才會帶有其他咖啡無可取代的香醇。因為麝貓的消化過程會把咖啡豆中的蛋白質分解為小分子，另外，一些給咖啡帶來輕微苦味的蛋白質會在這個過程中被完全去除，使咖啡豆

在烘焙時更加香味濃郁。」

曉晴給了曉星一個炒栗子，說：「我看你越來越講究吃喝玩樂了。貓屎咖啡一百多塊錢才那麼一小杯，你好奢侈！」

曉星縮了縮脖子，說：「還不是為預祝芊芊姐姐成功，才奢侈那麼一回嗎？」

小嵐也順手給了曉星一個炒栗子：「就你多藉口！自己想喝就直說嘛，又拿人家芊芊說事。」

曉星挨了兩個炒栗子，可憐巴巴地問道：「那到底去不去呀？」

「真是個饞貓！」小嵐瞪了曉星一眼，說，「好啦，如你的願，今晚海鮮大餐加貓屎咖啡！」

「耶！」曉星豎起兩隻手指，笑得有牙沒眼。

正當幾個孩子興高采烈地預祝芊芊參賽取得好成績的時候，他們沒有想到，艾黑紗正在醞釀着一個陰謀，一個要讓芊芊當眾出醜、身敗名裂的陰謀。

第十九章

把我的血輸給國王！

　　世界校花選舉總決賽場地燈光璀璨，能容納幾千人的會場座無虛席。

　　小嵐作為評委之一，被安排在第一行，坐在主裁判、聯合國文化組織負責人楊斯基旁邊。而曉晴和曉星作為重要隨員，則被安排在小嵐身後，即第二行的座位。

　　艾思文國王也是評委之一，他坐在楊斯基的另一邊。艾黑紗竟然也來了，她坐在父親的後面。小嵐留意到，艾黑紗的臉上全沒有了昨天的頹喪，而是一臉得意，好像要看好戲的樣子。

　　帷幕拉開，一個美侖美奐的舞台出現在人們眼前。童話世界般的布景，加上激光效果的運用，給人如夢如幻的感覺。

　　比賽開始了，主持人是一位相貌堂堂、口齒伶

俐、說話很有幽默感的年輕男士，他先自我介紹名叫朱利，然後把來自世界各地的十二名參賽者逐個介紹出場。

「哇，這些姐姐全都好漂亮啊！」曉星讚歎。

「我覺得不如我們芊芊漂亮！」曉晴説。

曉星點點頭説：「贊成，芊芊姐姐比她們漂亮些。」

「芊芊你一定要得冠軍，氣死那艾黑紗！」曉晴握着拳頭。

跟所有選美比賽一樣，藝能表演是其中一個重要環節，今次比賽和其他比賽有點不同的是參賽者要表演兩種藝能。女孩們有的表演跳舞和唱歌，有的表演彈奏樂器和朗誦，有的表演武術或魔術，真是八仙過海，各顯神通。

芊芊是九號佳麗，輪到她上場了，她除了高歌一首鄧麗君的《小城故事》之外，又跳了一支劍舞。只見她手握長劍，在台上舞姿翩翩、揮灑自如，颯爽英姿的樣子令人不敢相信她就是那個膽小軟弱的芊芊。表演結束，會場內響起了從未有過的

熱烈掌聲，評委們都在面前的資料上找到芊芊的名字，在上面做了個特別記號。

艾思文國王好像也對這女孩很感興趣，還隔着楊斯基，探頭問小嵐：「這小女孩怎麼看上去有點面熟，她是烏莎努爾人嗎？她有沒有來過黑睦國？」

小嵐說：「芊芊是烏莎努爾人。她有沒有來過黑睦國我不大清楚，不過按她的經歷，她應該沒有出過國。」

「哦，是這樣。」艾思文國王若有所思。

接下來的是「說出你的秘密」環節，主持人會問一條牽涉個人私隱的問題，而參賽者要老實回答。這是考參賽者的誠實度及機敏度。

一至八號參選者的問題都很容易答，有的問有沒有男朋友，有的問做過的最愚蠢的事，有的問遇到過的最尷尬的事。輪到芊芊上場時，人們都安靜下來，八卦之心人皆有，大家都想知道這美麗女孩的秘密。

芊芊的狀態一直都很好，此刻她站在主持人面前，面露微笑，準備回答問題。主持人朱利看看

她，唸出了一條問題：「芊芊小姐，請你說說你父親是一個怎樣的人？」

芊芊整個人一顫，她無法回答，因為她從來沒見過自己的父親。

冷場。台下的小嵐皺起眉頭，這主持人怎麼別的不問，偏要問芊芊這個問題。曉晴曉星也為芊芊難受，這問題叫她怎樣回答呢！

芊芊愣了一會兒，才說：「不好意思，這問題我無法回答。因為我出生時父親已經去世了。」

「哦，對不起！」當人們以為主持人會換問題時，他又追了一句，「那你母親也沒跟你講過父親的事嗎？」

芊芊低下頭，蚊子般小聲地說：「沒有。」

主持人這時顯得有點咄咄逼人：「這就奇怪了。一般的母親，即使丈夫不在了，離婚了，都會給孩子一個說法吧！而你作為女兒，也沒問母親嗎？你不想知道一下自己父親是個怎樣的人嗎？」

芊芊眼淚都快流出來了，她囁囁嚅嚅地說：「我⋯⋯我⋯⋯」

媽媽去世的時候，芊芊才五歲，她哪懂得要問這些呀！

　　見到主持人這樣追問，台下的人都開始議論紛紛，有的人同情芊芊，有的人覺得問題夠刺激有趣，有的人又覺得這樣問很尋常。

　　小嵐覺得有點不對頭。這是選美，不是查家世，怎麼會這樣抓着人家的家事窮追猛打的。

　　她心裏突然打了個愣，難道⋯⋯

　　她回過頭，看見艾黑紗洋洋得意等着看好戲的樣子，她馬上明白了，一定是艾黑紗搞的鬼。以她黑睦國公主的身分，要求主持人為她做點事，刪改或控制一下選美的程序或內容，那是容易之極。

　　小嵐不由得憤怒地瞪了艾黑紗一眼。

　　主持人臉上露出了狡猾的笑容，話語突然尖銳起來：「芊芊小姐，據我們了解，你媽媽從來未結婚，你是她和一個殺人犯生下的孩子，你是殺人犯的女兒！」

　　芊芊如雷轟頂，她結結巴巴地想分辯：「不，不是，我不是殺人犯的女兒，不是！」

主持人步步緊逼：「你剛才不是說，你不知道自己父親是誰嗎？那現在為什麼又不承認自己是殺人犯的女兒？你分明是不想承認，你分明想隱瞞自己身分！」

「不是，不是……」芊芊只覺得主持人的眼神像刀子一樣向她剎來，把她剎得渾身血淋淋。

小嵐剛要站起來制止主持人的行為，艾黑紗卻先一步站了起來，喊道：「我建議取消梅芊芊的參賽資格。殺人犯的女兒，根本沒資格參賽！趕她下台，趕她下台！」

台上的芊芊臉色變得死灰，她身體晃了幾下，轟然倒地。

小嵐大驚，衝上了舞台。

正在這時，不知從什麼地方衝上來一個男人，他衝到艾黑紗面前，大聲說：「你這個壞女孩，你害了我妹妹不算，還在這裏繼續害人，看我教訓你！」

男人揮拳就朝艾黑紗打去，艾思文國王一見，怕女兒受傷害，連忙拉住那男人，一時間大亂，杯子、碟子砰砰碰碰掉落地上。糾纏之間，那男人把艾思文

國王使勁一推，艾思文國王站立不穩，仆倒在地，前胸壓在一地打碎的杯子碟子上，許多尖銳的碎片刺進了他的胸膛，登時血流如注。

保安人員制服了那男人之後，救護車也來了，人們把昏迷的艾思文國王和芊芊，一起送進了醫院。

整間醫院都進入了緊張狀態。

醫生給芊芊檢查過，告訴小嵐她問題不大，昏迷只是因為突然受刺激、氣急攻心的緣故，給她打一針，很快就會醒來。小嵐和曉晴曉星三人聽了，才放下心來。

曉星說：「艾黑紗真是壞得無可救藥了！」

曉晴說：「艾思文國王真不幸，生了這樣一個女兒。你們聽沒聽到，那個男人說艾黑紗害了他妹妹。這艾黑紗都不知害了多少人了。」

小嵐歎口氣：「希望國王叔叔沒事。」

看着醫生給芊芊打完針，芊芊臉色也開始好了點，小嵐對曉晴說：「你們在這裏看着芊芊，我出去打聽一下，看國王叔叔情況怎樣。」

急症室門口，人頭湧湧，國王受傷，這是件天

大的事，各部門都派人來了解情況，各大報館都派記者守候，以取得第一手消息。

小嵐見到艾黑紗抱着雙膝，呆呆地坐在一邊，臉上滿是淚痕，心裏不知該恨她還是該同情她。

小嵐見到艾黑紗身旁的文教大臣羅楊，便把他拉到一邊，問起艾思文國王情況，羅楊憂心忡忡地說：「正在裏面搶救。一直沒有人出來報告情況。」

小嵐看了看艾黑紗，又問：「那個行兇的男人抓到沒有，他是什麼人？」

羅楊歎了口氣說：「那是我們公主惹的禍。那男人叫大衛，據他單方面口供，說是想為妹妹報仇。他妹妹是個跆拳道高手，之前跟艾黑紗公主在同一間跆拳道學校學習。兩個女孩功夫都不錯，可以說是不相伯仲，這引起了公主的忌恨。一年前的一次學校內部切磋中，公主把他妹妹打成重傷，從此再也不能打跆拳。事後公主找到學校老師證明當時是正常的比賽，那女孩受傷只是一次意外，公主因而沒被追究責任。但大衛卻認為是學校老師屈服於權勢，替公主作假證，讓她逍遙法外。所以，他一直對這事耿耿於懷，

想替妹妹報仇，但一直未有機會。今天，他剛好是大會的工作人員，公主在觀眾席上站起來要趕梅芊芊下台，讓大衞認出來了，大衞便衝了過去。不過，這只是大衞的一面之辭，事實是怎樣，還有待查證。」

小嵐聽着聽着，心裏想，這事十有八九是真的，以艾黑紗這樣的人品，善妒、狠心，大衞的妹妹必然成了她眼中釘肉中刺，她使壞傷人，也不出奇。

只是很可惜，她惹下的禍卻報應在善良的艾思文國王身上，實在令人難過。

過了一會兒，手術室的門打開了，人們哄一聲湧了上去，一迭聲問：「國王陛下情況怎樣？」

「靜靜，靜靜！」出來的是這家醫院的院長助理，他好不容易讓人們靜下來，說，「國王現在情況不樂觀，因為出血太多，急需輸血。」

「我來！我輸血給國王！」

「我年青，我來！」

「我是萬能輸血者，O型，我來！」

院長助理話音剛落，許多人就捋起袖子，表示可以給國王輸血。可見艾思文國王在人們心目中的

地位。

院長助理説：「各位靜靜。艾思文國王血型非常特殊，是P型血，這血型在全球人口中僅佔百萬分之一。為了不耽誤時間，請問國王有沒有親屬在？」

「有！」艾黑紗趕緊站出來，「我跟父親同一血型。」

院長助理看了她一眼，説：「請公主跟我來。雖然是父女，但按規定還是得檢驗一下。」

院長助理把艾黑紗帶到採血室，讓護士給她抽了一管血。然後請她坐在一邊等化驗結果。

一會兒，院長助理拿着化驗單子走過來，皺着眉頭問道：「公主殿下，請您告訴我，您是不是有吸毒的習慣？」

「我……我，我沒有……」艾黑紗結結巴巴地説。

院長助理嚴肅地説：「公主殿下，根據已經實施的《捐血者健康要求》，有吸毒習慣的人不適合捐血。為了國王陛下的健康，您得老實告訴我們，

您有沒有吸毒習慣？」

艾黑紗一臉晦氣，她不得不承認：「有。」

院長助理輕輕歎了口氣：「公主殿下，我不得不遺憾地告訴您，您不適合給國王輸血。」

艾黑紗有點惱怒，她大聲說：「既然你們知道這種血型罕有，那為什麼不儲存多一點？」

「您以為這種血型很容易找到嗎？全國已知道的P型血者除了你們父女之外，就只有五個，他們分散在全國不同地方。先前儲備的血漿已輸給國王了，但因為他流血太多，仍要再輸，才能保住性命。」院長助理說完，又看着艾黑紗，「公主請回吧，那五個P型血者遠水救不了近火，我們得儘快找到合適的捐血者。」

院長助理說完轉身就走了。艾黑紗公主的專橫跋扈早已人人皆知，這次國王受傷也是她惹的禍，所以這院長助理也沒好臉色給她看。

得知艾黑紗的血不能輸給艾思文國王，大家都急了，只是都愛莫能助，因為他們都知道自己不是那種罕見的P型血者。

國王生命垂危，五名P型血者又都遠在千里之外，於是醫院只能通過電台、電視台十萬火急地要求人們來鑑定血型，看能否發現新的P型血者。雖然這可能性極微，但也只能孤注一擲了。

　　小嵐見待在手術室門口也幫不上忙，只好先回芊芊病房。

　　芊芊已經醒了，雖然臉色仍很差，但是總算不像先前那樣蒼白。大家問起艾思文國王的情況，小嵐便把急需P型血的事告訴了他們。

　　「P型血？艾思文國王是P型血？」芊芊突然坐了起來，問道。

　　小嵐看着她：「是呀。聽說P型血是極罕有的血型，現在艾黑紗的血不能用，要再找到這種血型的人很難。希望國王叔叔能熬到捐血者到來吧！」

　　曉星說：「國王叔叔那麼好人，千萬不要讓他有事啊！」

　　突然，芊芊說了一句令在場的人又驚又喜的話：「不用找了，我就是P型血。」

　　大家都以為自己聽錯了，小嵐問：「芊芊，你

說你是P型血？」

芊芊點點頭，説：「千真萬確。我在烏莎努爾驗過，就是這血型。化驗師當時也跟我說過，這是一種極為罕有的血型。」

曉星高興得拍起手來：「太好了，這次國王叔叔有救了！」

小嵐也喜笑顏開，但她想了想又説：「不過，你身體那麼差，還剛剛昏倒過，可以捐血嗎？」

芊芊這時已經下了牀：「我可以的。救人要緊，公主，您馬上帶我去見醫生。」

小嵐見芊芊主意已決，又明白艾思文國王的情況危急，便扶着芊芊，跟曉晴曉星一行四人來到手術室前。

當聚在手術室前的人們知道芊芊是P型血者時，都歡呼起來了。大家認得芊芊就是剛才被艾黑紗大聲叫嚷要趕下台、後來昏倒在地的那個可憐的女孩子，不禁都用敬佩的目光看着她。以德報怨，這不是每個人都能做到的呀！許多人都用不屑的目光朝艾黑紗看去，對比之下，艾黑紗的操行太成問題了。

醫生見到芊芊還是病懨懨的樣子，不禁有點猶豫。在芊芊堅決要求下，幾位醫生一起評估了一下她的健康狀況，覺得捐血勉強可行，而且也沒有其他辦法了，便趕緊把芊芊帶進手術室。

　　人們又在手術室門口開始了等待，但這次就不再那麼焦慮了，因為有了合適的血，國王就有救了。

　　半小時之後，手術門打開了，醫生喜笑顏開地走了出來，向大家宣布好消息。艾思文國王經過輸血後，已脫離危險。

　　「啪啪啪……」熱烈的掌聲馬上迴響在醫院走廊。

　　不論是政府要員，還是來採訪的記者，大家都鬆了一口氣，因為假如艾思文國王有什麼三長兩短，對黑睦國來說，是一場滅頂之災啊！

　　這時，手術室的門又打開了，一名護士扶着臉色蒼白的芊芊走了出來。剛停下的掌聲又再響起，所有人都對這位美麗善良的女孩子致以最衷心的敬意。

第二十章

未來的女王

　　艾思文國王在第二天醒了過來,當他知道捐血救了他一命的人就是芊芊之後,堅持要馬上見她,要當面向她道謝。醫生考慮他身體狀況拒絕了,直到第三天,才請小嵐陪同,把芊芊帶到國王的病牀前。

　　小嵐把芊芊帶到國王牀前,自己便坐到一邊。

　　艾思文國王很激動地看着芊芊:「孩子,謝謝你,謝謝你救了我!」

　　芊芊羞澀地一笑,說:「國王陛下請別客氣,這是我應該做的。」

　　艾思文國王一臉羞愧,說:「孩子,我那不肖女兒對你的傷害,我都知道了。之前在烏莎努爾那樣欺負你,在這裏又串同主持人給你難堪,她這樣對你,你還不顧身體虛弱捐血救我。孩子,在你面前,我真是感到汗顏。」

　　芊芊真誠地說：「國王陛下，您別這樣。傷害我的是艾黑紗，不是您，而且我知道您是個好國王，我怎可以見死不救。」

　　艾思文國王握住了芊芊的手，感動地說：「真是個好孩子。可能冥冥中跟你有緣吧，不知怎的，我總覺得好像以前見過你。」

　　芊芊心裏有點驚訝。因為，不知怎的，她也覺得這位國王叔叔有一種熟悉的感覺，好像很久以前就認識似的。但事實上是絕對沒可能的，因為芊芊在烏莎努爾出生，又從沒出過國，怎會見過艾思文國王呢！

　　艾思文國王問：「今年多大啦？」

　　芊芊說：「十八歲了。」

　　艾思文國王愣了愣，如果自己的妻子沒有失蹤，如果妻子懷着的孩子能生下來，今年也是十八歲了。

　　他看了看芊芊那張看起來有點熟悉的臉，腦海裏突然亮了一下，有沒有可能⋯⋯

　　他的呼吸突然變急促了，急急地問：「芊芊，你的媽媽叫什麼名字？她是烏莎努爾人嗎？」

芊芊説：「我媽媽叫梅林，是烏莎努爾人。」

艾思文國王聽了有點失望，還想再問些什麼的時候，這家醫院的喬院長就走了進來，説：「國王陛下，您不適宜説太多話，該休息了。」

芊芊急忙站起來，説：「國王陛下，您好好休息，過幾天我再來看您。」

艾思文國王點了點頭，芊芊説了再見就跟着小嵐離開了病房。艾思文國王一直看着她的背影，直到看不見了，才輕輕地歎了一口氣。

「怎麼啦？好像滿腹心事呢！」喬院長是艾思文國王的中學同學兼好朋友，見到艾思文不開心，便問道。

「不知為什麼，剛才那女孩總讓我有一種熟悉的感覺，讓我想起了我失蹤的妻子。」艾思文國王停了停，又説，「不過也可能是我太想念妻子了，產生了錯覺。算了吧，我找了十八年都沒找到她們，我已經不抱任何希望了。哪有那麼巧的事。再説，芊芊説她媽媽是烏莎努爾人。」

喬院長明白艾思文國王的心情，心裏寄予無限

同情，只是愛莫能助。他安慰了國王幾句，又請他好好休息，便離開了。

在走廊上，喬院長見到等在那裏的小嵐。小嵐微笑着，對院長說：「國王跟他結髮妻子的故事我也聽過，我想，國王既然覺得芊芊有熟悉的感覺，為什麼不做點事情，證實一下呢！取國王與芊芊的血，做個親子鑑定就行。」

喬院長沉吟半晌，說：「我明白艾思文國王的心情。十多年來，那些派出去尋找王妃的隊伍，帶回來不下幾十個疑似王妃生下的女孩，結果親子鑑定全沒血緣關係。而每一次鑑定結果，都令滿懷希望的國王陷入深深的失望，令他備受打擊。到後來，他已經對人們提供的所有線索產生本能的排斥，他是不想再經歷從希望到失望的那種痛苦。」

小嵐說：「國王覺得芊芊像她失蹤的妻子，這有可能是人有相似，但如果加上國王跟芊芊同是罕見的P型血這件事，就大大增加了他們有血緣關係的可能性了。我很明白國王不想再次失望的心情，我建議不如悄悄地給他們做個鑑定，如果沒有血緣關

係，不告訴國王便是，如果真的有血緣關係，那就能令他們父女團圓了。」

喬院長聽了，撫掌歎道：「小嵐公主，你小小年紀便能如此心思細密，考慮周到，真是令人佩服。化驗室裏有國王的血，也有芋芋的血，就讓我親自來替他們做這個親子鑑定吧！」

兩天後，被中斷的世界校花選舉繼續進行，不負眾望，芋芋奪冠。當小嵐把跟公主冠冕一樣的冠軍桂冠戴到芋芋頭上時，全場響起了熱烈的掌聲。人們都覺得，這位美麗善良的女孩是實至名歸。

比賽剛結束，大會總負責人就接到了醫院喬院長的電話，要他請小嵐公主馬上帶着芋芋到醫院。負責人嚇壞了，以為國王傷情有什麼反覆，急忙把這事通知小嵐，説是情況緊急，要捐血者馬上到醫院。

小嵐被他誤導，急得衣服還沒換，就拉着仍頭戴金冠手拿權杖的芋芋跳上了來接的小轎車，曉晴曉星也緊隨着，四個人心急火燎地來到了醫院。

進到艾思文國王的病房，只見國王半躺在病牀上，神采翼翼，只是眼裏含着一眶淚水，他朝芋芋

張開雙臂，把一頭霧水的芊芊擁入懷中，一迭聲地喊着：「芊芊，芊芊，我可憐的小公主！」

大家都驚訝萬分，小嵐馬上就明白發生了什麼事。一定是喬院長親自做的親子鑑定有結果了，芊芊，就是艾思文國王尋找了十八年的女兒！

曉晴和曉星對眼前發生的事摸不着頭腦。小嵐把他們拉出了病房，就讓那失散了十八年的父女好好地互訴衷腸吧！

一周後，曾受重創的艾思文國王奇跡般地完全康復了，甚至能自己走着踏出病房。有美麗可愛的女兒芊芊陪着，這就是最好的靈丹妙藥，最強勁的精神力量。

國王回到辦公室，馬上做了兩件事：第一是確定芊芊公主成為順位第一繼承人。第二是向烏莎努爾發出國書，國書內提到兩件事：希望與烏莎努爾世世代代友好，今後兩國攜手共進，永結同盟；為了感謝小嵐公主對芊芊公主的關愛，以及感謝小嵐公主幫助他父女團聚，希望授於小嵐公主黑睦國公主稱號，懇請萬卡國王同意。

幾天後，小嵐等人謝絕了艾思文國王和芊芊公主的一再挽留，準備回國了。芊芊留在了黑睦國，留在了她親愛的父親身邊。之後的日子，芊芊將會很忙，因為作為未來的黑睦國女王，她要學習的東西很多很多。

臨別的時候，芊芊深情地給小嵐唱了《隱形的翅膀》下半段：

「我終於看到所有夢想都開花

190

追逐的年輕歌聲多嘹亮

我終於翱翔用心凝望不害怕

哪裏會有風就飛多遠吧

隱形的翅膀讓夢恆久比天長

留一個願望讓自己想像……」

公主傳奇17

失蹤的校花（修訂版）

作　　者：馬翠蘿
繪　　畫：滿丫丫
責任編輯：龐頌恩
美術設計：陳雅琳
出　　版：新雅文化事業有限公司
　　　　　香港英皇道499號北角工業大廈18樓
　　　　　電話：（852）2138 7998
　　　　　傳真：（852）2597 4003
　　　　　網址：http://www.sunya.com.hk
　　　　　電郵：marketing@sunya.com.hk
發　　行：香港聯合書刊物流有限公司
　　　　　香港新界大埔汀麗路 36 號中華商務印刷大廈 3 字樓
　　　　　電話：（852）2150 2100
　　　　　傳真：（852）2407 3062
　　　　　電郵：info@suplogistics.com.hk
印　　刷：中華商務彩色印刷有限公司
　　　　　香港新界大埔汀麗路 36 號
版　　次：二〇二〇年四月初版

ISBN：978-962-08-7472-7
© 2016, 2020 Sun Ya Publications (HK) Ltd.
18/F, North Point Industrial Building, 499 King's Road, Hong Kong
Published in Hong Kong
Printed in China